JN072727

目次

むすぶと本。『さいごの本やさん』の長い長い終わり

野村美月

カバーイラスト：竹岡美穂

「私たち小人は、開封しなくても手紙の中身を読めるんです。手紙を触ってみると、そっけないことしか書いてない手紙はなにかひんやり、冷たいのです。でも手紙に気持ちがこめられていればいるほど、あったかい感じが手に伝わってくるんですよ」

『長い長い郵便屋さんのお話』より

プロローグ

円谷水海がバイト先の書店の店長が亡くなったと知らされたのは、雪が深く降り積もる朝のことだった。

「ぼくはこの町で最後の本屋さんだからね。ぼくが生きているあいだは店を閉じたりはしないよ」

それが店のオーナーであり店長だった幸本笑門の最近の口癖で、眼鏡の奥の瞳を優しく細めた表情にも、おだやかな口調にも悲壮感はなく、ただ明るく晴れやかだった。

水海も笑顔で、

「なら店長には長生きしてもらわなきゃ」

などと言っていた。

十年前、水海がまだ中学生のころは町に五店もあった書店は、本を読む人が減ったことや、電子書籍や、オンラインで本を注文し配達してもらう大手のネット書店に淘汰され、次々閉店していった。

最後の一店になった幸本書店は、古い喫茶店や居酒屋、小さな映画館などが並ぶ静かな通りにある三階の縦長の建物だった。栄えているあたりとは逆方向だが、駅から徒歩三分という近さもあり、地元の本好きたちの憩いの場所だった。

それでも売り上げは年々右肩下がりで、配本も減ってゆき、発売を心待ちにしている人たちにぜひ読んでもらいたいと頑張って仕入れた話題作が、大量に売れ残り返品せねばならなかったりという、胸がつぶれそうな苦しい事情が多々あったことを、水海も知っている。

そんなときも店長は、おっとり笑いながら、

「幸本書店は、この町の最後の本屋さんだ。なくなったら淋(さび)しい思いをする人や、困る人たちがたくさんいるはずだ。隣町の書店へゆくのは車で一時間はかかるし、雪が積もる季節だと、それも難しいお年寄りもいるだろう。だからぼくが生きているあいだは店を続けたいんだ」

と、やわらかな口調で語っていた。

それは、自分の代で店を閉じると言っているようにも聞こえて、水海はひそかに胸がもやもやしていた。

……店長はもう、結婚はしないのかしら。

まだ四十代で若いし、おなかも出ていなくてスマートで、人当たりが良くて優しいから……店長を好きになる女の人はいると思うのに。

でも、店長にはとても哀しいことがあって、愛する人たちをあんなふうに亡くしてしまったから、もう家庭を持つつもりはないのかもしれない。本当に心臓が破れそうに哀しい出来事だったから、店長がそう考えてしまってもしかたがないけれど……。

店長の死とともに幸本書店も終わりを迎えるのは、心にしんしんと冷たい雪が降りつもるように淋しいことだ。

もっとも、それはまだ先の話だと水海は思っていたし、店長に新しい家族ができて幸本書店

が続いてゆく未来もあるはずだと願っていた。

まさか店長が四十九歳の若さで亡くなるだなんて、想像もしていなかった。


しかも、あんな不自然な事故で。


遺体を発見したのは、書店でバイトをしている大学生の男の子だった。十時の開店準備のため朝九時に店を訪れたところ、二階の児童書コーナーの床に、店長が頭から血を流して倒れていたという。

隣には脚立が横倒しになっており、周りに本が散らばっていた。

前日の夜、一人で店に残り、本の整理でもしていたのだろう。その最中に脚立が倒れ、本棚に手がふれた際になぎ倒した本が頭上に降り注ぎ、その中の一冊が運悪く急所にあたった。さらに平台の角にも頭を打ちつけたことが追い打ちとなったようで、床に血だまりができ、すでに店長の息はなかった。

バイトの彼は慌てて救急車を呼んだが手遅れで、警察は不幸な事故死として片付けた。

店長の身内は全員亡くなっており、オーナーを失った書店は閉じられることになったのだった。

幸本書店さん、閉店しちゃうの？　これからどこで本を買えばいいの？

駅から近いし品揃えもいいから、便利だったのに。店長さんも親切で、すごく本に詳しいし。

三代目の笑門さんが、あんな亡くなりかたをするなんてなぁ。笑門さんは奥さんとお子さんを亡くされたあとも、町のために頑張ってきたのに。本当にあの家の人たちは、みんな運が悪すぎだよ。

なんとか書店を続けられないのか？

わたしも、幸本書店さんがなくなるのは淋しいわ。

そんな声が書店で働く水海たちのもとへ次々寄せられたが、赤字の書店を買い取って営業を続けようとする酔狂な人物は現れず、六十九年続いた幸本書店は、三代目幸本笑門の死から二ヶ月後の三月末日に閉店となることが決まった。

ずっと店を閉じていたが、閉店前にお客さまへの感謝と在庫の整理をかねて、一週間だけ営業をしようということになり、水海はその準備に追われている。

店長が亡くなって一ヶ月ほどはなにもする気になれず、毎日家でぼんやりしていた。涙もこぼれないくらい、店長がもういないという事実や、幸本書店がなくなるという現実を遠くに感じて――。心を守るため感覚を鈍化させ、一日中ベッドで目を閉じていた。

　本好きの常として水海は近眼で、眼鏡がなければ伸ばした手の先さえ見えない。それでも、眼鏡をかけずに部屋の中をうっそりと歩き、手探りで冷蔵庫からハムやチーズなど調理のいらないものを取り出して義務的に食べる、という日々が続いた。

　ようやく起き上がれるようになり、今は最後の営業に向かって忙しく働くことで、気持ちを紛らわせている。

　バイトは水海を入れて全部で五人おり、高校生が二人、大学生が一人、主婦という面子だ。高校二年生のときから七年間、幸本書店でバイトをしていた水海が一番の古株で、他のバイトたちから頼りにされる存在だった。また彼らのように勉強をしているわけでも、家族の世話をしているわけでもないので、すべての時間を幸本書店の最後のお祭りのために使うことができる。

　なので、この日も一人で店に残り、細々とした仕事を片付けていた。

　三階のコミックスコーナーの整理を終えて、階段を下りていったとき。

　二階の児童書コーナーから話し声が聞こえた。

　すでにシャッターを下ろしており、店内には水海しかいないはずなのに。バイトの誰かが戻ってきたのだろうか？

　階段の半ばほどから眼鏡をほんの少し持ち上げて、二階のフロアのほうへじっと目をこらしてみる。

するとー見たことのない少年が、本棚の前に立っていた。

高校生くらいだろうか？

小柄で、紺のダッフルコートに白いマフラーをぐるぐる巻いている。

勝手に店に入ってきたことを注意しようと、水海が近づいたとき、少年らしいやや高めの声が聞こえた。

「そうなんだ。うん、うん……それは本当に哀しいことだったね。うん……わかるよ」

誰かと話している？

でも、何度眼鏡の位置を変えてみても、水海の視界に映っているのは、ダッフルコートの少年一人きりだ。

「えっと、ごめん夜長姫。これは浮気じゃないから。だから家で留守番しててって言ったのに、どうしても一緒に行くって言い張るし」

水海は気味が悪くなってきた。

少年は誰と、話しているのだろう？

「そうだね、十日も離れてなんかいられないよね。ぼくだって同じだよ。うん、愛しているよ。嘘じゃないよ。ぼくにはきみだけだよ。だからちょっとだけ静かにしてて。本の神様に億万回誓って浮気じゃないから」


少年が立っている場所は、ちょうど店長が血を流して倒れていたというあたりだ。

そのことに気づいて、さらに首筋がざわっとあわだち、手足がこわばった。


「途中で話がそれてごめんよ。ぼくの彼女は、とびきり可愛いけど、やきもちやきで。えーと、じゃああらためて訊くけど、誰が笑門さんを殺したの？」


背中を冷たい手で撫で上げられたような気がし、肩が小さく跳ねた。一斉に這い上がってくる恐怖に耐えかねて、水海は声を荒らげた。

「そこでなにをしているの！」

少年が振り向く。

大きな眼鏡をかけていて、まだだいぶあどけない。目を丸くし口を小さく開けて水海を見ている。

黒い髪がやわらかに跳ねていて――ごく普通の、純朴そうな少年だ。

少年の容貌が気が抜けるほど平凡だったことで、水海の恐れも薄れ、ためらうことなく少年のほうへ歩み寄った。

「今、誰と話していたの？　店長のことでなにか言っていたでしょう？　どういうこと？」

睨みながら問いつめると、少年は眼鏡の向こうの目をぱちぱちとさせ、両手を『待ってください』の形に、あるいは降参の形に上げた。

「すみません。一階の裏口から声をかけたんですけど、返事がなかったので入らせてもらいました。ぼくは榎木むすぶと言います。こちらへは弁護士さんから知らせをいただいて、うかがいました」

　むすぶ少年に、この地域の住人たちに特有の訛りはなく、テレビから流れてくるような標準語だった。

　この子、よそから来たの？

　弁護士ってなに？

　疑念を強める水海に、むすぶが告げたのは驚くべきことだった。

「笑門さんが生前弁護士さんに託された遺言状に、ぼくのことが書いてあったそうです。笑門さんが亡くなられた場合、幸本書店にあるすべての本をぼくに任せると」

　そして、非常に人の好さげな、開けっぴろげな笑顔で言ったのだった。

「ちょうど学校が春休みに入ったので、明日からしばらくお世話になります。えーと、あなたは円谷水海さんですね？　バイトさんの中で一番長くこちらでお仕事をされていて、一番頼りになるかただそうですね！　うわぁ、心強いです！　ぼくは本の扱いには慣れているんですけど、書店で働くのは初めてなので、どうぞよろしくお願いします」

第一話
『ほろびた生き物たちの図鑑』は待っていた

「いらっしゃいませ！　本日から閉店フェアを開催中です。お客さまの思い出のご本との記念撮影やポップの作成など行っておりますので、ぜひご参加ください」

白いシャツに店名入りの青いエプロンをつけた眼鏡の少年が、元気いっぱいにはきはきしゃべるのを、水海（みなみ）は険しい目で見ている。

――こんにちは、榎木（えのき）むすぶと言います。閉店まで、幸本（こうもと）書店でみなさんのお手伝いをさせていただきます。短いあいだですが、よろしくお願いします。


水海がむすぶと出会った翌日。

他のバイトたちも、笑顔で挨拶する小柄な少年に、戸惑いを隠せない様子だった。

むすぶは四月から高校二年生で、東京からこの東北の小さな町に、わざわざやってきたという。それは店長の遺言状に、自分の死後に幸本書店のすべての本を榎木むすぶ氏に任せると書かれていたからで、店を訪れた弁護士からも、水海が前日にむすぶから聞いたのと同じ知らせがあった。

本を『譲る』ではなく『任せる』とはどういうことか？

取り次ぎ（とつぎ）を通して仕入れた本は、一定期間内であれば返品することができる。特に新刊は基本的には委託販売だ。なので売れ残った本は、ほぼ返品するものと考えていたが、その裁量を少年に任せるということなのだろうか？

どちらにしても、幸本書店にあるすべての本の権利を少年が有するとしたら、彼の許可なしに本を売ることはできない。

フェアは？

みんなが心配そうな顔をしていると、むすぶは思いきり腰を低くして、

――あ、こちらの本はあくまで書店さんのものですから。閉店フェアも予定通り開催してもらって大丈夫です。ぼくにも手伝わせてください。

と、にこにこしながら言った。

毒気のない笑顔に、水海以外のバイトたちは、とりあえず安心したようだった。

――けど、榎木くんって笑門（えもん）店長とどういう関係？　親戚？

――確か店長の身内は全員亡くなっていて、親戚もいないはずじゃ。

――ひょっとして店長の隠し子！

――そういえば眼鏡をかけてるし、似てる！

それは二人とも似たような大きな眼鏡をかけているだけではないか、店長に隠し子などいるはずがないと、水海はバイトの男の子たちを叱りつけてしまった。

書店の仕事に戻ってからの水海は、ただでさえ自分でもピリピリしていると嫌になるのに、むすぶの人の好さそうな顔を見ると、胸の内側がチクチクするような苛立ちと疑念を感じずにいられない。

店長が、幸本書店のすべての本を、まだ高校生のむすぶにゆだねたことにも納得していなかったし、自分がこの店で一番店長に信頼されていると思っていたので、口惜しい気持ちもあった。

どうしてこんな子に？

地元の子ですらない、東京の子なのに。

繰り返し、もやもやと考えてしまうし、むすぶの口から店長との関係について、

――去年の秋ごろ、笑門さんが仕事で東京に来られたときに、たまたま知り合ったんです。ぼくも本が好きで、それで本好き同士意気投合して、そのご縁で。

と語られるのにも、苛立ちが増した。

去年の秋⁉　知り合ってまだ半年くらいじゃないの！　わたしは七年も働いていたのに。

それに、むすぶと初めて会った日に、彼が店長が亡くなった本棚の前で一人で話していたことも、その内容もずっと気になって、もやもやしている。

誰が笑門さんを殺したの？

そう言ったのだ、彼は。

あの日、水海がどういう意味かと尋ねると、

——えっと、ぼく、そんなこと言いましたっけ？

と困ったようにとぼけていた。

——言ったわよ、わたしはちゃんと聞いてたんだから。

水海が詰め寄ると、目を丸くして「わ！」と声を上げ、

――う、浮気じゃないよ、夜長姫。心臓に悪いから突然『呪う』とか言わないで。え、そんな、誤解だよ。愛しているから、呪うのはよして。

いきなりおたおたして、独り言を言いはじめた。
水海が唖然としていると、

――すみません、ぼくの恋人は、ぼくが他の女性と話したり近づいたりするだけでやきもちを焼くので、あまりその、顔を寄せないでもらえますか？

と申し訳なさそうに言った。

――恋人って、どこにいるの？　さっきから一人でしゃべってて、あなた、あからさまに怪しいわよ。

するとむすぶは、あちゃーというように眼鏡の奥の目をきょどきょどさせて、

――人前ではなるべく話さないようにしているんですけど、つい。えーとその、ぼくは本と話ができるんです。

また、わけのわからないことを言い出した。

——ふざけてるの？

——いいえ、滅相もない！　本当にどういうわけか昔から本がしゃべっている声が聞こえてくるんです。それで、ぼくが話しかけると、みんな気さくにこたえてくれて。恋人というのは彼女のことです。

ダッフルコートのポケットからむすぶがいそいそと取り出したのは、青い表紙の薄い文庫本だった。

『夜長姫と耳男』

坂口安吾の小説だ。

確か、人が死ぬのを見るのが大好きな魔性の美少女に翻弄される、彫り師の男の話だった。

そうだ、夜長姫というのはその魔性の姫君の名前だ。

ラノベや漫画好きの男の子たちがよく、作中の推しヒロインを『俺の嫁』などと言ったりするノリなのか？

けれど実際に『嫁』と会話してしまうなんて。彼は重度のオタク、あるいは中二病なのだろうか。

――夜長姫も、円谷（つぶらや）さんにご挨拶しています。『むすぶと顔をくっつけたり、むすぶにさわったり、ウインクしたりしたら、呪う』と言っているので、すみません、そこはご配慮いただけると助かります。

しないわよ、ウインクなんか！

わざと水海を怒らせて、話題を店長からそらそうとしているのではないか？　そんなふうに疑って――あることに気づいてギクリとした。

――今、ツブラヤって言った？　わたしの名前、なんで知ってるの？　それにさっきも……わたしがこの店で古株だってこととか。

そう、一番長くこちらでお仕事をされていて、一番頼りになるかただそうですね、と言ったのだ。

誰に聞いたの？

するとむすぶは透明なレンズの向こうから、大きな澄んだ目で水海を見つめて、微笑みながら答えたのだった。

――それなら、本が教えてくれたんです。

バカバカしい。

あのときはつい引き込まれて、むすぶが本当に本の声が聞こえているように錯覚してしまったけれど、よく考えたら事前にバイトのデータを見ることは可能だったはずだ。履歴書に写真も添付されているし。

きっとそれで水海が誰だかわかったのだろう。

本と話ができるわけないじゃない。

できると信じているなら、むすぶはやはり中二病か誇大妄想だ。

誰が笑門さんを殺したの？

あの言葉も、自分が作った設定の世界に入り込んでしまって、言ってみたかっただけなのだろう。

水海は来店するお客さんたちの案内をしながら、むすぶのほうへたびたび鋭い視線を向けていた。

むすぶは声もしっかり出ていて、お客さんへの対応も感じがよく、こちらがなにか言う前に自分からよく動いて、口惜しいことに即戦力になっていた。

それに、本の扱いに慣れていると言っていたが、本を扱う手つきが目を見張るほど丁寧だ。大事なものにふれるようにそっとふれ、撫でるように優しくカバーをかけてゆく。本を見る瞳も、まるで親しい友達に向けるみたいに優しい。

お客さんが本を手に取ったり、その本を買っていったりすると、『良かった！』というように口元をゆるめる。

そんな様子が笑門店長を思い出させて——店長も、本が買われてゆくと本当に嬉しそうで、『良かったですね』と声に出さずに本に向かって語りかけるように、ふんわり微笑んで見送っていたから。

でも、店長とむすぶは別人だし、店長の隠し子ということも絶対にない！

「円谷さん、ポップの紙、もう少し作ったほうが良さそうです。ぼく、やりますね」

むすぶのほうは屈託のない表情で、水海に話しかけてくる。

ポップ用のボール紙をハサミでちょきちょき切りながら、

「閉店フェアで、お客さんにおすすめの本のポップを書いてもらって、ずらっと並べるのって、あれですよね？　『かのやま書店のお葬式』にかぶせたんですよね？」

と楽しそうに言う。

「雪国の村に一店きりしかない書店が閉店の日を迎えて、その最後の一日を描いたベストセラー。書店にゆかりの人たちが次々店を訪れて、思い出の本と一緒に撮った写真や、お客さんがその場で書いたポップが、店内のいたるところに、色とりどりの旗のように楽しく誇らしげに立っていて――あのシーン、小説も映画もどっちもすごく印象的で良かったです。作者の田母神港一（たもがみこういち）さんは、この町の出身だそうですね。幸本書店でサイン会も開いているし」

「……田母神さんは……デビューする前はうちの常連さんで、笑門店長と親しかったらしいから……」

　映画も大ヒットしたベストセラー作家が、地元の書店でサイン会を開く。そのニュースに町の人たちは活気づき、当日は書店の外まで長い行列ができたという。

　みんな『かのやま書店のお葬式』を胸に抱えて、それは嬉しそうにわくわくしていたのだと、店長もこぼれそうな笑顔で話してくれた。

　きっと、幸本書店が一番輝いていた時代だ。

　ネットは今ほど普及しておらず、スマホもなく、今よりも一人でできる娯楽も少なく、本を読むことが多くの人たちにとって喜びであり、幸いであり、生きる糧（かて）だったころ。

　立派な装丁のハードカバー本の、指が切れそうな真新しいページや、手にしたときのずっしりとした重みに、心ときめかせていたころ。

　もう、二十年も前だ。

　水海は当時は幼稚園にも入っていなかったが、母親と一緒に長い列に並んで本の表紙の裏にサインをしてもらったことを覚えている。

　その本は、いつのまにかなくなってしまったけれど。

「田母神さんはフェアに来てくれますかね？　来ますよね？　そしたらすごい宣伝になりますよ。村に一店しかない本屋さんの最後の一日を書いてベストセラーになった田母神さんが、町で最後の一店になった書店の、閉店フェアに来店するなんて」

むすぶが、わくわくしている様子で言う。やわらかに跳ねた黒髪が、一緒にひょこひょこ動いている。

「さぁ……連絡はしたけれど、忙しい人だから」

田母神港一は最盛期の人気は衰えたものの、今でも定期的に作品を世に送り出している。

幸本書店でのサイン会は一度きりで、地元の公民館での講演の依頼なども全部断っているらしいから、来ないかもしれない。

厳しい売り上げが続いたころ、また田母神さんのサイン会を開くのはどうですか？　と誰かが提案したとき、店長は眼鏡の奥の目を細めて少し淋しそうに微笑んで、

――うーん……田母神さんは、難しいかな。

と答えていた。

田母神が町にいた当時は、書店の事務室に泊まり込んで一晩中本の話をするほど二人は親しかったようだけれど、デビューが決まってすぐ東京へ行ってしまってからは、そうでもなかったのかもしれない。

おととし辞めた高齢のパートさんも話していた。

——笑門さんのお子さんが生まれたとき田母神さんからお祝いが届いて、笑門さんはとても喜んでいたのだけれど、そのときお礼の電話をかけて『また幸本書店に遊びに来てください』と言ったら、断られたみたいで……すごく落ち込んでいたわ。

笑門さんは、悩みを表を出す人ではないのだけどねぇ……あのときは本当に哀しそうで珍しく弱音を吐いていたから、よく覚えているのよ、と。

田母神さんも、あんなに笑門さんと仲が良くて、笑門さんが忙しいときも事務室に入りびたりだったのに薄情だと文句を言っていたけれど、しかたがない。

町を出ていった人たちは、町のことを忘れてしまうから……。

とどまっている人たちは、出ていった人たちのことをいつまでも覚えていて、まるで昨日会ったように噂するけれど。

「あれ……あのお客さん」

話しながら手もちゃきちゃき動かしていたむすぶが、ふいに動きを止めた。なにか気になる様子で、出入り口のほうを見ている。

レンズの向こうにある大きな丸い瞳が、一人の来客の動きに合わせて同じ方向にゆらゆら動く。

レジの前から通路へ。

その向こうへ。

なにかに耳を澄ますように息を止めて。瞳だけを、水面に一枚だけ浮かぶ木の葉のように、ゆらゆらと揺らして。

「水海さん、あの人は常連さんですか?」

「え……知らないけど……」

「そうですか……でも……」

むすぶが何故だか気にしているので、水海も目をこらした。白髪で背中が微妙に丸まった高齢の男性だ。

七十代半ばくらいだろうか?

顔に深い皺（しわ）がくっきりと刻まれ、目が落ちくぼんでいる。どことなく焦燥（しょうそう）しているふうで、眼差しや足取りに苛立ちが感じられるのに、水海はひやりとした。

長年書店で働いていると、万引き犯を見分けられるようになる。

最近は若い子だけではなく、生活に困った高齢者も万引きをするようになった。

男性が着ているコートはだいぶ古びていて、よく見ると裾や袖に引っかけたような線が走っている。

もしかしたら……。

まだ口を閉じたままなにか考え込んでいるむすぶを残して、水海は男性のあとにさりげなくついていった。

男性は一階に置いてある一般書籍にも雑誌にも見向きもせず、フロアの中ほどにある階段をのぼりはじめた。

二階は児童書のコーナーだ。

幸本書店は昔から児童書に力を入れており、このフロアは大型書店にもひけをとらないほど充実していると、水海はひそかに自負(じふ)している。

しかし二階は店長が亡くなった場所でもある。

訪れるお客さんたちの中には、事故現場に興味があるらしい人もいて、わざわざ二階に上がり、『店長さんは、どのへんで亡くなったの？』などと、水海たちに訊いたりもする。

それに対しては、やんわりと回答をお断りするよう他のバイトたちにも伝えてあった。なので、この男性も二階のどこで笑門店長が亡くなったのかは、知らないはずなのだ。それが、まっすぐにそこへ行き、立ち止まった。

万引き……じゃない？

水海の胸が、ぎゅっと縮む。高齢の男性への不審が、さらに黒々とした重たいものに変わってゆく。

何故、そこで足を止めるのか？

そこは店長が倒れていた場所だ。

水海が店へ来たときにはもう遺体はなかったが、現場に流れた血はそのまま残っていて、警察の人たちがあれこれ調べていた。

男性は棚の上のほうを、目をすがめ、顔をゆがめて見上げている。

難儀そうに、辛そうに首を伸ばし、それでもそのままじっと――。皺だらけの顔をどんどんゆがめて、ひどく苦しそうに。今にもなにか大声で叫びそうな張りつめた顔つきで。

男性が見ているのは子供向けの辞典や図鑑が並ぶあたりで、店長の頭に落下し命を奪ったのも、まさにそうした本たちだった。

水海の首筋も緊張でこわばり、手のひらにじわりと冷たい汗がわいてくる。

心臓が、ドキドキと高鳴っている。

男性が背伸びをしながら、本棚のほうへ手を伸ばす。

「！」

彼の手の甲や手首に走る傷に、水海は息をのんだ。

まるで鋭い爪や牙で、引っかかれたような傷が、あんなにたくさん――。

傷だらけの手が、棚の最上段へ向かう。

男性の身長はその年代の人の平均くらいで、百六十五、六センチほどだろう。背中が少し丸まっているが、それを、うんと伸ばしてつま先立ちになり、最上段の図鑑にふれようとしていた。

子供用の図鑑とはいえ、かなりの重さと厚みがある。

不自然な体勢で抜き出そうとして、手からすべって頭上に落下するようなことがあれば、店長の二の舞だ。

本が男性に向かって雪崩落ちてくる場面が頭に浮かび、水海は体がぎゅっと引き絞られるような気がした。

危ない！

「お客さま。必要なご本がございましたら、わたしがお取りします」

不審の念を表に出さないようなるべく丁寧に声をかけると、男性は傷だらけの手をびくっと震わせ、振り向いた。

顔をゆがめたまま、落ちくぼんだ目で睨みつけるように水海を見てくる。

年齢を重ねた人たちに特有の眼力の強さは、水海をたじろがせた。お年寄りの中には、いきなりスイッチが入ったように怒鳴り出す人もおり、過去に対応に苦慮した経験から体がこわばってしまう。

それでも頬に力を入れ、笑顔で、

「どの本をお取りしましょう」

と訊いてみると、男性はまたぴくりと肩を震わせ、乾いてひび割れた唇をかすかに開いて、その口をまた、むぅっと閉じた。

傷が走る手を隠すようにコートの袖に引っ込め、そのまま逡巡するような、焦燥しているような表情を浮かべていたが、やがて枯れた低い声で言った。

「……ここには、ない」

「あの」

意味がわからない。

あんなに必死に手を伸ばして本を取ろうとしているように見えたのに。欲しい本は、ここにはない？

「どのようなご本でしょう？　お探しいたします」

そう言うと、張りつめて怖そうに見えた表情が、哀しそうに崩れてゆき、口の端だけをへの字に曲げたまま、絶望している声で、

「……いいや、いい。もう、あれはないんだ」

と、つぶやいた。

「でも、お客さま……」

一体、どんな本を探しているのか見当もつかず、水海が弱っていたとき。

「その本でしたら、確かに当店にございます」

後ろでいきなり声がした。

驚いて振り向く水海の目に、眼鏡の奥の目を明るくきらきら輝かせているむすぶが、やわらかに跳ねた髪を揺らして、飛び込んできた。

ちょっと、なにを言い出すの！

今のやりとりだけで、タイトルがわかるわけないのに。

客の男性も、目を見張っている。

むすぶは晴れやかな笑顔のまま、

「ただいまお持ちしますので、恐れ入りますが、今しばらくこちらでお待ちください」

はきはきとそう告げて、水海に明るい眼差しを向けた。

「円谷さん、手伝ってください」

むすぶが歩き出し、水海も男性に頭を下げ、慌ててついてゆく。

「ちょっと、どこへ行くの？　手伝うってなにを？」

「えーと、あちらのお客さんが読みたがっている本がある場所に、連れていってほしいというか。ヒントはもらったんですけど、いまひとつわからなくて」

「ええっ、どこにあるのかもわからないのに、お客さんに『お持ちします』って言ったの？　信じられない」

つい叫びそうになり、必死に声のトーンを抑える。

この子、やっぱりヘンだ！　信用できない！

「今すぐ引き返して、謝りましょう」

「待ってください。ぼく一人では無理だけど、円谷さんが協力してくれたら見つかりそうな気がします」

何故ここまでむすぶが確信しているのか、水海にはさっぱり理解不能だったが、険しい顔で、

「……ヒントってなに？」

と尋ねてみると、ホッとしたように表情をやわらげて言った。

「まず、『大きくて、鋭くて、怖そうなもの』」

「え」

ぽかんとする水海に、流れるような口調で続ける。

「『昔、昔、昔の話』」

「ちょっと」

「『もう、今はない』」

「ないの？」

「いいえ『茶室（ちゃしつ）』にあるそうです」

「茶室……？」

それってどこ？

『海』と『鳥の骨』があって、『青い霊廟(れいびょう)』の中だと」

しかめっ面で額に手をあてていた水海は、ハッとした。

海と鳥の骨って、まさか！

むすぶがにっこりする。

「あ、わかりました？」

水海は返事をせずに、唇を引き結んだまま歩き出した。むすぶがやっぱりふざけているのではないかと思った。だって鳥の骨って――。

二階の通路をまっすぐ進み、その奥にある事務室の前までゆき、ドアを開ける。

打ちっ放しの壁に囲まれた六畳ほどの灰色の部屋には、ソファーにサイドテーブル、事務机、本棚があり、そこにはサイズもジャンルもばらばらな雑多な本が並んでいる。

その向かいの壁に、A4サイズほどの一枚の絵がかかっている。

青い海と砂浜、そこにそびえ立つ大きな白い鳥の骨、というモチーフだ。

むすぶは事務室へ入るのは初めてなのか、絵を見て、

「海と鳥の骨って、これか」

と、つぶやいている。

「じゃあ茶室って？」

「……店長が、よくこの部屋でお茶を淹れていて、みんなふざけて『喫茶幸本』って呼んでいたから」

二階の事務室は、ほぼ店長の別宅のようなもので、紅茶、珈琲、日本茶、ハーブティーと飲む人の好みに合わせて、細やかにブレンドしてくれた。

中学生だった水海も、初めてこの部屋を訪れたとき、店長が淹れてくれた甘いお茶を、泣きそうな気持ちで飲んだ。

たゆとう湯気の向こうで微笑む店長の幻影が今にも見えてきそうで、喉がぐっとつまり、肩が少し震えた。

幸い、むすぶは水海が動揺していることは気づいておらず、壁のほうを見ている。

「なるほど、てことは『青い霊廟』は、あれかな」

絵の下に青い収納ボックスが置いてある。むすぶが床に膝をついてそれを開け、中を探る。ぼろぼろの古い本を何冊も床に重ねてゆき、ある一冊の本を両手で引き出し、

「あった！」

と目を輝かせた。

過去の思い出に浸っていた水海は、むすぶが宝物のようにかかげている本を見てぎょっとし、我に返った。

「ちょっと！　榎木くん、それは」

「お客さまに渡してきます」

「待って、榎木くん！」

水海が呼び止めたときには、むすぶは本を抱えて事務室から飛び出していた。

慌てて追いかける。

どうしよう、あんな本を渡したら、あのお客さんはバカにされたと怒り出すかも。

焦る水海の前方に、あの年配の男性客に満面の笑みで本を差し出すむすぶの姿が見え、明るい声が聞こえた。

「お待たせしました。お客さまがお探しのご本は、こちらですね」

むすぶが持っているのは、子供用の図鑑だった。大型本で、表紙に『ほろびた生き物たちの図鑑』というタイトルと、恐竜やタスマニアタイガー、ドードーといった動物が描かれている。

『大きくて、鋭くて、怖そうなもの』

『昔、昔、昔の話』

『もう、今はない』

むすぶが口にしていた〝ピント〟と確かに一致する。

けど、むすぶが持っている図鑑は、表紙がすすけて印刷が色あせ、ページも波打ってふくらんでいた。表紙に『見本』と赤字で書かれた紙が貼ってあって、その上から透明なフィルムでラミネート加工されている。

幸本書店では、痛んだり古くなったりした本を、見本として置くことがある。特に児童書コーナーは小さい子供たちが本を汚すことも多く、それならば見本として汚しても良い本を置いておこうと考えたのだろう。

むすぶが青い収納ボックスから引っ張り出してきたのは、そうした本のひとつのようだが、かなり年季が入っていて、本全体に痛みと損傷が激しく、見本としての役割も終えていることは一目でわかるほどだ。

そんな売り物ではないぼろぼろの本を、お客さまに差し出すだなんて。

汗がどっと吹き出てきて、むすぶの横から口を挟んだ。

「申し訳ありません、彼はおととい入ったばかりの新人で」

水海が謝罪しかけたとき。

それまで苦い表情を浮かべていた男性が、くぼんだ目をいきなり大きく見開き、信じられないものを見る眼差しで『見本』の表示が貼られた図鑑を凝視した。

唇や、腕、肩が震えている。

男性の表情が怒りや失望ではなく、感動をたたえているのを見て、水海は声をつまらせた。

皺に囲まれた目に、うっすらと涙までにじんでいる。

コートの袖口から、細い傷がいくつも走る骨ばった手をのろのろと差し出し、伸ばし、男性がむすぶから図鑑を受け取る。

ずっしりと重い本は、彼の細い手首をがくんと下げたが、その重みにすら感じ入っているように、目がさらにうるむ。

そして、涙でしめった声で言った。

「そうだ……これを、捜していたんだ。もうとっくに処分されたと思っていたのに、まだあったんだなぁ……」

傷と皺でぼろぼろの両手で、愛おしそうに表紙を抱くのを、むすぶはまるで自分が懐かしい大好きな人から、うんと大事に撫でられているような顔で見ていた。

――久しぶりだね、元気だったかい？

――大きくなったねぇ。

まるでそんな言葉が聞こえているように。眼鏡の向こうの大きな目を、それはうっとりと細めて、あどけなさの残る唇をほころばせて。

男性が震える指で大切そうに表紙を開くと、ティラノサウルスの絵が細かな文字と一緒に描かれていて。それを見おろし、また顔をくしゃっとさせ、唇を嚙んでまばたきする。

水海はどういうことなのか、さっぱりわからなかった。

でも、幸本書店で七年もバイトをしていて、お客さまが欲しがっている本を探して手渡したとき、こんなにも嬉しそうな――幸福そうな顔をした人を、見たことがない。

男性にとっては、色あせてぼろぼろになったその図鑑こそが、この世でただ一冊の大切な品なのだ。

男性は何度もまばたきし、洟（はな）をすすりながら、傷だらけの手で本をめくっていた。

「そうだ、これが読みたかったんだ。この本に会いたかったんだ……」

と、つぶやきながら。

そのあと。

本にまつわる古い話を聞いた。

老人の名は古川道二郎（ふるかわみちじろう）といい、隣町で獣医をしているという。

手の傷は治療中に動物に引っかかれたり、嚙まれたりしてできたものらしいとわかり、水海も納得した。

コートのひっかき傷も、自宅で世話をしている猫たちの仕業（しわざ）らしく、妻にもみっともないと

注意されるのだが貧乏性なので、着れるものは捨てられないのですよ、と言っていた。

　そんな道二郎がまだ子供だったころ、幸本書店は創業者の幸本なつという女性が店主を務めていた。戦争で夫を亡くしたなつは、幼い子供を一人で育てながらこの町に書店を立ち上げたという。

　当時、三階建ての立派な書店は、町の人たちの誇りであった。

　幸本書店へ行けば、どんな本もそろっている、あそこの書店にはなんでもあるんだと、みんなが一番最初に足を運ぶ書店としてにぎわっていた。

「私の家はそれは貧乏でしてね……兄妹も大勢いて、本なんて贅沢品は買ってもらえなかったので、学校の帰りに一時間歩いて幸本書店まで行って立ち読みをするのが、子供時代の私の、なによりの楽しみでした」

　そんななか『ほろびた生き物たちの図鑑』に出会ったという。

　見たこともない動物たちが描かれた表紙に一目で惹きつけられて、ページの隅から隅までなめるように読んだ。リアルな筆致で描かれたティラノサウルスや、トリケラトプス、ドードーやタスマニアタイガーに心が躍り、どれだけ見ても見飽きなかった。

　この図鑑を知ってから、幸本書店へ行くのがいっそう楽しみになって、学校で授業を受けているときも、家で手伝いをしているときも、早く幸本書店へ行きたい、あの図鑑の続きを読みたいと考えてばかりいた。

図鑑は目の玉が飛び出そうなほど高価で、普通の本ですら購入の厳しい家の財布事情では、とても購入できるものではなかった。もちろん小遣いももらっていない。

「それでも、幸本書店へ行きさえすれば、この宝物のような図鑑があると思うと、それだけでじゅうぶん幸せだったんですよ」

雨がしとしと降りしきる日も、風が冷たく吹く日も、深く降り積もった雪にくるぶしまで足が埋まる日も、あの本に会いたくて、あの本を読みたくて、頬を赤くして幸本書店への道を急いだ。


——ああ、早く読みたい。読みたいなぁ。


そしていつもの場所で図鑑を手にとって、めくりはじめれば、あとは至福しかなかった。

タスマニアタイガーの牙は、なんて鋭く強そうなんだろう。トリケラトプスもティラノサウルスも、うんと昔にこの地上を歩いていたんだ。地面に大きな足形ができたりしたんだろうか。ドードーはどうして翼があるのに、よたよた歩くばかりで飛べなかったんだろう。

広げた本の中から、今にも動物たちが飛び出してきそうに思えた。

楽しくて、わくわくして。

が、ある日、店員の女の人に見られていることに気づいた。髪を後ろでひとつにぎゅっとひっつめて眼鏡をかけた、背の高い痩せた女性は、物差しでも入れているみたいに背筋がいつもピン！　と伸びていて、怒っているみたいな厳しい顔をしていたので、道二郎は彼女が怖かったという。

その人が、じっとこちらを見ている。

きっとおれが毎日タダで本を読んでいるから、怒っているんだ。

いつ、つまみだされやしないか、もうあなたはここへ来てはいけません、本が欲しければお金を持ってきなさいと言われるのではないかと、ドキドキした。

もし、そんなことになったらどうしよう？

考えただけで胸がきゅーっと締めつけられて、ひどく哀しい気持ちになった。

児童書のコーナーには、道二郎の他にも立ち読みをしている子供たちが大勢いたけれど、その子たちは親が迎えに来たときに、本を買っていったりもした。

おそらく道二郎だけが一度も本を買ったことがなく、そうした引け目から、あの怖い女性店員が姿を見せると、図鑑を閉じてこそこそと階段を下りてゆくのだった。

そんなときはいつも惨めで、泣きそうだった。

ときどき学生服を着た店員が、児童書のコーナーで子供たちの遊び相手をしていることがあり、彼は本を読むのがたいそううまく、人気者だった。

彼が現れると子供たちが、

——あ、かねさだお兄ちゃんだ。

——かねさだお兄ちゃん、この本よんで。

と、本を手に集まってゆき、彼が声を巧みに変化させて、登場人物を演じわけながら読みはじめると、立ち読みしていた子たちまで聞き入った。

道二郎もこのときだけはページをめくる手をとめて、彼の語りにこっそり耳を傾けていた。

学生服を着た彼は幸本兼定といい、店主の息子だった。

兼定は、児童書のコーナーに道二郎一人きりしかいないようなときでも、

——やぁ、それ面白いか？

と気さくに声をかけてきて、道二郎がコクリとうなずくと、

——そうか。まぁ、ゆっくりしておいでよ。

と笑って、あとは放っておいてくれたので、気が楽だった。

なので児童書のコーナーに兼定がいるとほっとして、あの怖い女性店員がいるとしょんぼりした。

「その女性店員が兼定さんの母親で、初代店長のなつさんだったんですがね」

懐かしそうに目を細めて語る道二郎がそれを知るのは、このあと起こった、たいそうショックな出来事のあとだったという。

その日も、道二郎は学校の帰りに一時間かけて、幸本書店へやってきた。

児童書のコーナーでは他の子供たちが立ち読みをしていて、店員の姿は見当たらなかった。よかった……。

安堵して、いつもの本棚へ行き、一番下の段から『ほろびた生き物たちの図鑑』を抜き出そうとしたとき。

そこに道二郎の宝物の図鑑はなかった。

え？　買われちゃったのか？

頭の中が真っ白になった。

まだ出版されたばかりで、しかも飛び抜けて高価なこともあり、学校の図書室に同じ本は置いていない。もし誰かが図鑑を買っていったのなら、もうあの本を読めない。

心臓がドキドキして、冷たい汗が出てきた。

本当に買われてしまったんだろうか？　もしかしたら別の場所に入れ間違えられたりしていないか？

本棚の下から上へ、息を止めるようにしてじりじりと目線を這わせて、道二郎はさらに絶望することとなる。

「一番上の棚にね、移動されていたんですよ。大人でも脚立（きゃたつ）を使わなければとるのが難しく、子供にはとても無理な高さでした」

まるで、はるか山頂に咲く、手にふれることも香りをかぐこともかなわない幻の花を見上げる心境で、道二郎は大好きな図鑑を見上げた。

きっと、おれがあんまり毎日立ち読みしていたから、おれが読めないように、あんなに高い場所へ移されたんだ。

そう思って目の奥がジンと熱くなり、哀しくて哀しくて、胸が破れてしまいそうだった。

お金がなくて、立ち読みばかりしている自分が悪いのはわかっているので、なにも言えない。

でも、読めないと思うと、道二郎の日々の暮らしのなかから、一切の楽しいことや幸せなことが根こそぎ奪い去られ、あとに大きな暗い穴がぽっかり空いているような気持ちになった。
淋しくて辛くて惨めで、どうしようもない。
目に涙をいっぱい浮かべて立っていたら、横からすっと本を差し出された。

——これを捜しているのでしょう。

ぼやけた視界に映ったのは、失われたはずの図鑑だった。
『見本』と赤い字で書いた紙が貼ってある。
それを道二郎に差し出しているのは、あの厳しい目をした怖い女性店員だった。

——これは試し読み用だから、好きなだけ読んでくれてもいいのよ。

女性店員の顔はいつもと同じように、厳しく引きしまっていた。声も硬い。
けれど道二郎が戸惑って手を出せずにいると、道二郎の胸に、とん、と本を押しあて、

——はい、どうぞ。

と言ってくれた。

――あなたが大きくなったら、うちでたくさん本を買ってね。

そう言って背筋を伸ばして離れていった。

『見本』と書かれた本を抱きしめて、道二郎は今度は先ほどまでとは別の感情から、もっと泣きそうになった。

「なつさんが店長だということをそのとき知りましてね、いつも厳しい顔で立っていたのも、子供たちが怪我をしないように注意してくれていたんだということも、わかりました。きっと私のことも気にかけてくれていたんですね」

なつが戦争で夫を亡くしたこと。

戦時中、あらゆる娯楽が禁じられ、本を読むこともできなかった暗く苦しい時代――本が読みたくて読みたくてたまらなかったなつが、平和になったら書店を開くと決めたこと。

一生かかっても読み切れないほどのたくさんの本に囲まれて、あの店に行けば読みたい本がきっとある、素敵な本に出会えると、町の人たちが胸をはずませて訪れるような――そんな店を作るのだと。

幸本書店を訪れる大人たちから聞きかじったなつの話は、幼い道二郎には理解しきれない箇所もあったのだけれど。

もうなつのことを、怖い店員だとは思わなかった。

眼鏡の向こうの静かな瞳は、とてもひたむきで誠実で、綺麗に見えた。


――なつさんが一番面白かった本はなんだい？　って尋ねたら、亡くなった旦那さんが戦時中に聞かせてくれた物語だってさ。本を読みたがっていたなつさんのために、旦那さんが毎晩即興で話してくれたんだと。なつさんにとっては旦那の空継さんが、特別な『本』だったって。兼定さんの読み聞かせが上手いのは、空継さん譲りなんだな。


そんな話も胸に染みて、自分の特別な大切な一冊は、この赤字で大きく『見本』と表記された図鑑だと思った。

三年生に進級すると、完全に労働力と見なされるようになり、道二郎は以前ほど頻繁に幸本書店へ行けなくなった。それでも中学を卒業するまでは、幸本書店を訪れるたび『ほろびた生き物たちの図鑑』を手にとって、ページをめくっていた。

それは道二郎の特別な本で、道二郎に確実に幸せをくれるものだったから。

いつか幸本書店に、この本を買いに来よう。

なつさんにお金を渡して、この本をくださいって言うんだ。

そう誓いながら就職のため十五歳で上京したが、初めて勤務した印刷工場での毎日は、道二郎にとって過酷なものだった。

残業につぐ残業で休みはないに等しく、給料は実家に仕送りをしたらほぼ残らない。とうとう五年目に体を壊し、会社を解雇された。

「夢も希望も全部打ち砕かれてね……私はこの町に、そりゃあ惨めな気持ちで戻ってきたんです……。久しぶりに幸本書店を訪ねたときも、ただもう申し訳なくて。お金を稼いで本をたくさん買って恩返しするはずが、なつさんは亡くなられていて、私ときたら借金まで作ってしまって、いつ働けるかもわからないんですからね……。お先真っ暗でしたよ。自分はこのまま図鑑の滅びた生き物たちのように死んでゆくんだろうかと、考えていました。あのころは、それが救いのようにさえ感じられていた」

廃人のようにふらふらと二階の児童書コーナーへ続く階段をのぼっていって、もうあの見本もないだろうと思っていたら。

「あったんです」

その一言に、万感の想いを込めるように声を震わせ、目をうるませ、道二郎は言った。

「私が最後に読んだ五年前よりだいぶ傷んでいて、端が破れているページもありました。それでも、私にとって宝物だった図鑑が、そこにまだあったことに、私はね――震えました」

喉も目頭もどんどん熱くなり、込み上げてくる涙を何度も飲み込んだ。まばたきを繰り返し、小さく震えながら、図鑑を手にとって。ページをめくって。

この本のおかげで満たされ幸せだった少年時代を思い返しながら、めくって、またくって。

「おまえはまだ滅びてないだろうって、励まされているような気がしました。まだやれる、これからだ、まだ頑張れる、はじめられるって」

目を赤くし、熱のこもる声で道二郎が語る。

それをむすぶが隣で、喜びと嬉しさのこもる表情で聞いている。

ときおりむすぶが小さくうなずくのは、まるで道二郎が胸に大切に抱いている図鑑のささやきが聞こえているようで。

――頑張ったね。

――えらかったね、負けなかったね。

――覚えているよ。

ううん、そんなことあるはずないと、水海は心の中で慌てて否定する。本の声が聞こえるなんて。今このときも、本が語りかけている、なんて。

そんな想像をした自分にも腹が立った。

けど、『ほろびた生き物たちの図鑑』に道二郎が勇気をもらったことは間違いなく。そのあと働きながら夜間高校に通いはじめた彼は、大学に進学し、獣医になったという。今ではお子さんたちも独立し、小さな病院を一人で続けているという。

「息子も娘も獣医にはならなかったから、私が立ち上げた病院は、私の代で終わりです。私もやはり滅びる生き物だったのだなと……身体が弱ってきたからでしょうか……最近特に感じています……。それでも、この図鑑に出会えて、今の私になることができて良かった……。幸本書店には感謝しかありません。まさか二代目の兼定さんだけでなく、三代目の笑門さんまでこんなに早くに亡くなるなんて……」

忙しさにかまけて隣の町から幸本書店へ、わざわざ足を運ぶことはなくなった。

笑門が亡くなり幸本書店が閉店することを知り、子供時代にあの図鑑がいつもの場所になかったときと同じくらい愕然（がくぜん）としたという。

あの見本は、まだあそこにあるだろうか？

『ほろびた生き物たちの図鑑』はすでに購入していて、道二郎の家の本棚に並んでいたが、あの見本こそが、道二郎の幼少時代を幸福で満たし、青年時代の彼を励まし前へ進ませてくれた特別な本だったから。

幸本書店がなくなる前に、どうしてもあの見本が残っているか確かめたい。

そんな燃え立つような思いから、懐かしい書店に三十年以上ぶりに足を踏み入れた。

まっすぐに二階へ上がると、そこは児童書のコーナーのままで、胸がいっぱいになったという。

見本があった場所にも本棚にも『ほろびた生き物たちの図鑑』はなく、当然か……と思いつつ哀しみが広がるばかりで。今の大人の自分ならば、最上段に手も届くだろうかと手を伸ばしたりしてみた。

水海が目撃した奇妙な動きは、そういうわけだったのだ。

むすぶが明るい声で言う。

「この本は、幸本書店にとって思い出深い本だから、笑門さんがとっておいたんですよ。もしかしたらいつか誰かがこの本に会いにくるという予感が、笑門さんにはあったのかもしれませんね」

それも水海は知らないことで、胸がぎゅっとした。

なんでそんなこと、あなたが知っているの？　と問いつめそうになり、口を引き結ぶ。

道二郎が感慨深げに、

「そうだったんですか」

と、つぶやいた。

「でも、何故私がこの本を捜していることが、きみにわかったのですか？」

と不思議そうに尋ねると、むすぶは晴れやかに笑った。

「もちろん、本が教えてくれたんですよ」

道二郎が目を見張り、水海は顔をしかめた。

「一階の入り口に、古書が展示されていますよね。昔の貴重な本とか、幸本書店へ来た作家さんのサイン本とか。道二郎さんが来店されたとき、その古い本たちがざわめいたんです。それでわかったんです。道二郎さんは幸本書店に深い縁のあるかたなんだって」

道二郎はむすぶの説明に、完全に納得したわけではなさそうだった。

当然だ。水海だって、なんて胡散臭い話だろうとあきれている。

けど、

「今日はご来店くださり、ありがとうございます。この本も道二郎さんに会えて喜んでいます。よかったら一緒に撮影をしていってください。それとポップもぜひ！」

むすぶが勧めると、図鑑を抱いていた傷だらけの両手を伸ばし、恩人であり旧友である相手と向き合い、語りかけるような眼差しで見つめて、

「そうだなぁ……せっかくだから、そうするか」

と答えたのだった。

◇　◇　

道二郎に撮影とポップの説明をしてから一階に戻ってきたむすぶは、顔をむっつりさせている水海に、

「ありがとうございました」

とお礼を言った。

「道二郎さんが捜している本が書店に残っていることは、他の本たちのつぶやきでわかったんですけど、彼らの説明だと、その本がある場所がぼくにはすぐにはわからなくて。円谷さんが教えてくれて助かりました。おかげで、あの本を道二郎さんに会わせてあげられました。とても喜んでいましたよ」

水海は素(そ)っ気(け)ない口調で、

「……そう」

と、つぶやいた。

道二郎さんを本に会わせてあげられた、じゃなくて、本を道二郎さんに会わせてあげられた、だなんて。

やっぱり、むすぶの発言は、いちいちもやもやする。

むすぶのほうは水海の複雑な心境など知らぬげに、澄んだ目をして言った。

「長い年月のあいだに、幸本書店ではたくさんのドラマがあったんでしょうね。買われていった本にも、残っていた本にも……。きっと最終日までに、たくさんの人たちがここにある本に会うためにやってきますすよ。楽しみです」

「……」

道二郎が思い出の本と再会できたのは、むすぶのお手柄だ。

店長の上に降り注いだ本の中で、最大の致命傷を与えたのが本棚の最上段に並んでいた新しい『ほろびた生き物たちの図鑑』だったとしても。

それは道二郎には言わなくてもいいことだと、水海も理解している。

けれど、この人畜無害そうな眼鏡の高校生は、他に水海の知らないなにを知っているのだろう？

町で最後の書店の店主である笑門を死に至らしめたのが、『ほろびた生き物たちの図鑑』というのは偶然だったのだろうか。

それに、見本が置いてあった事務室に飾ってある、鳥の骨の絵——あの絵のタイトルが『滅び』であることも。

——この絵のタイトルは『滅び』……というんだよ。

水海が初めてあの事務室で、店長と言葉を交わした日、店長がやわらかに微笑んでそう言ったこと。

——綺麗な絵だろう。

——前の店長だった、ぼくの父が描いたんだ。

おだやかな澄んだ眼差しで、波打ち際にそびえる大きな鳥の骨を見つめていた。
綺麗で凛とした——でも水海には淋しくて、少し怖く感じた絵を。

——誰が、笑門さんを、殺したの？

むすぶが口にしたあの言葉も、まだ引っかかっている。
あのときむすぶは、棚に並ぶ本からなにを聞いたのだろう。
もし本が話せるとしたら、それはむすぶになにを伝えたのだろう。
店長の死の真実？
頬を硬くこわばらせたまま、水海はつぶやいた。

「ねぇ……榎木くんは本当に……」

本の声が聞こえるの？

そう口にしかけて、

「はい、なんですか？」

「なんでもないわ」

屈託なく聞き返してくるむすぶから、顔をそむけた。

本がしゃべるはずはないし、声が聞こえるはずもないのに、バカなことを言いかけた自分に恥じらい、頬をかぁぁぁっと熱くしながら。

挿話　『野菊の墓』のヒミツの名前

幸本書店が閉店するというニュースは、彬夫に強い衝撃を与えた。

今年五十六歳の誕生日を迎えた彬夫が、青春時代を過ごした東北の小さな町に、幸本書店はあった。

ビルとビルの隙間に立つ三階の縦長の書店で、駅からも近く、町で暮らす人たちにとって本を買いにゆくといえば、まず幸本書店だった。

彬夫は高校時代は剣道部に所属していた。いわゆる『硬派』で、文学を好む男子は軟弱というイメージがあり、自ら書店へ足を運ぶこともなかったし、本自体夏休みに読書感想文を書くためにしか読まなかった。

幸本書店が彬夫にとって神聖で甘酸っぱい、心ときめく特別な場所となったのは、ひとえに大竹瑛子との忘れがたい思い出による。

当時、町に高校は女子校と男子校しかなく、高校生になれば男女は自然と別れて学ぶもの、という風潮だった。

女子校との交流会に明け暮れるものもいたが、彬夫は硬派であったので、中学を卒業したあとは、家族以外の女性と口をきくこともない日々を過ごしていた。

そんな彬夫だが、朝、いつも同じ道を自転車で通りすぎてゆく他校の女子生徒を、密かに気にしていた。

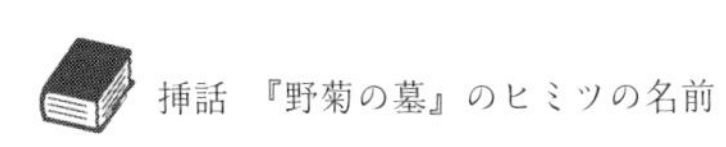

友達にも誰にも話したことはない。が、彼女が頭の上でひとつに結んだ髪をさらさらと揺らし、セーラー服の襟とひだスカートの裾をなびかせて、白い三つ折りのソックスと黒いローファーを履いた足でペダルを漕いでゆくのを、息を止め、胸をときめかせ、頬を熱くして見つめた。

白いうなじや、細いすねなどが目に飛び込んでくると、なにかいけないものを見てしまったような罪悪感と、それでいて神聖な感情で胸が満たされてゆくような、奇妙なこそばゆさを味わった。

何故だか彼女の姿だけは遠くからでもわかり、そのうち彬夫は、彼女が通りを自転車で駆け抜ける時間に合わせて登校するようになった。

彼女は彬夫より二つ年上の高校三年生で、大竹瑛子という名前だということは、級友たちの噂話で知った。

清楚で美しい瑛子は、この辺りの男子学生たちのマドンナだったのだ。

彬夫は、瑛子を褒め称える級友たちには嫌悪感を抱いていた。彼らに交じり瑛子の話をすることは、彼女を汚す行為に思えて、そうした話を耳にすると苦い顔をした。

当時の高校生にとって、女性のほうが年上というのは非常にハードルが高く、年下の子供である彬夫が、瑛子に相手にされる望みはほぼなく、また彬夫も二歳も上の女性と交際するなど考えられないことだった。

ただ毎朝、自転車で通り過ぎる瑛子を見ることだけが彬夫の幸せで、それ以上のことは望んでいなかったし、そんなことを考えるのさえ、瑛子に対する不敬だと思えた。

だからあの日の放課後、幸本書店の前に自転車を止めて中へ入ってゆく瑛子を偶然見かけ、自分も入店してしまったのは、きっと気の迷いだったのだ。

普段と違う時間帯、違う場所で瑛子と遭遇して頭に血がのぼり、自制する力を失って、ふらふらとあとについていった。


――いらっしゃい！　学生さん！


中へ入るなり、レジにいた男性店員に大声で呼びかけられて、彬夫はぎょっとし、背中にかけた剣道の防具をドアにぶつけそうになった。

書店に立ち入ることは滅多にないのでよくわからないが、書店員とはこんなに元気なものなのだろうか。

まるで店頭で『へい、らっしゃい！』と声を張り上げている青果店か鮮魚店のあるじのようだ。彬夫の父親より若いと思われる店員は、他の人たちから『店長』とか『兼定さん』と呼ばれていて、客が入ってくるたび陽気に声をかけていた。

――安田さん、お待ちかねの五木寛之の新刊、入ったよ！　おれは奈津子に惚れたね。実に感動的だった。特！　おすすめだ。

――『天中殺（てんちゅうさつ）』読んでみたけど、こりゃハマるわ。煽（あお）りかたがうますぎ！

――おーい、美代ちゃん。『サザエさんうちあけ話』読んだか？

まるで友達のように接していて、声をかけられた人たちも、彼と本の話をするのを楽しんでいるようだった。

上下関係の厳しい剣道部で、先輩たちには常に敬語で話している彬夫は驚くばかりで、文系ってこういう感じなのか？　それとも、この店員が特別なのか？　と考えたりした。

さらに、店長が『学生さん！』などと呼びかけたので、先に入店していた瑛子が彬夫のほうを振り向くという緊急事態が発生し、瑛子と目と目が合ってしまった彬夫は、石のようにカチコチにかたまってしまった。

あとをつけたことを、瑛子に知られてしまっただろうか？

だとしたら、彬夫のことを気持ち悪がり、軽蔑（けいべつ）しているかもしれない。

どうすればいいんだ！

息ができず、背中が汗でびっしょりになったが、瑛子はすぐに視線をそらして、なにも感じていない足取りで文庫のコーナーのほうへ歩いていった。

そうか……大竹さんが俺のことなんて、知るはずがなかったよな。

危機は逃れたものの、がっかりした。

きっと瑛子にとって自分は、たまたま今日書店に居合わせた見知らぬ他校の男子にすぎないのだろう。

毎朝通学時間に彬夫とすれ違っていることにも、自転車で軽快に走り抜けてゆく瑛子のほうは気づいていないのだろう。

当然だし、それでいいのだ。

学年が二つも下の自分には、もともと望みはないのだし。今日、偶然瑛子に会えて目が合ったことを感謝せねばならない。

瑛子に存在を認識されていなかったと知り、ひどく淋しい反面、大胆にもなった。

大竹さんはどんな本を読むんだろう？　ちょっと見てみよう。

そんなふうに思い、彼女が歩いていったほうへ、またこっそりついていったのだ。

いつも自転車で傍らを過ぎてゆく瑛子が、ほっそりした足で歩く姿を見るだけでも新鮮で、胸がドキドキする。

細いな……。髪もさらさら揺れて、なんて綺麗なんだろう。

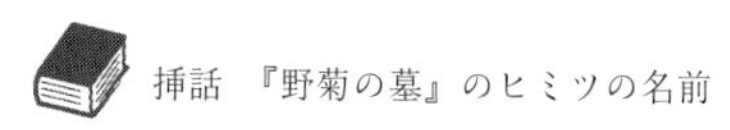

瑛子が足を止める。棚の下に平積みされた薄い本をしとやかな仕草で取り上げ、ゆっくりめくりはじめた。

彬夫は最大の勇気を振り絞って瑛子の隣に立つと、自分も棚から適当に本を抜いて、それを開いて、読んでいるふりをした。

もちろん意識は隣にいる瑛子に向かうばかりで、あのとき自分がなんの本を手にとったのかさえ、彬夫は覚えていない。

もともと本を読む習慣がないため、選ぶ知識もなく、なんでも良かったのだから当然だ。目が文字の上をすべってゆくばかりで、これっぽっちも頭に入ってこない。

瑛子のほうへ向けている耳と頬がただもう熱くて、焼け落ちそうだ。

ページがまったく進まない。

必死に眼球を動かして、横目で瑛子の様子をうかがうと、いつもあっというまに通り過ぎる横顔が、すぐ隣にあった。

うっすらと産毛の生えた白い顔や、細いうなじ。伏せた長いまつげ。女性らしい上品な鼻筋。さくらんぼ色の唇。

そうしたものが一斉に彬夫の視界に飛び込んできて、しかも瑛子からシャンプーの甘い香りまでただよってくるのに心臓が跳ね上がり、頬と耳だけでなく、頭の中がかぁっと熱くなった。

あんまり胸が高鳴りすぎて、瑛子に聞こえているのではないかと心配になるほどだった。

俺の息づかいは、動物のように荒々しくないか？

匂いも部活のあとで汗臭くないか？
手足が見苦しく震えていないか？
心配事があれこれ増えてゆき、瑛子から離れたい、けど、このまま隣にいたい、というジレンマに頭がぐらぐらして、遊園地のティーカップでぐるぐる回っているようだった。

息が苦しい。

けど、幸せだ。

瑛子が本を閉じ、それをレジへ持ってゆき店を出てゆくまで彬夫の幸せは続いた。

――お！　『野菊(のぎく)の墓(はか)』だね！　いいねぇ。女子高生にはぴったりの選択だ。

レジのほうから陽気な店員の声が聞こえてきて……。

『野菊の墓』……？

それが瑛子が読んでいた本のタイトルだとわかり、平積みしてある本に目を走らせると同じ

タイトルの本があった。
　彬夫は自分が持っていた、ついに一ページもめくらなかった本を棚に戻し、平積みの台から『野菊の墓』を手にとり、迷わずレジへ持っていったのだ。
　店員は、続けて同じタイトルの本を出されて、ピンときたのだろう。

――へぇー、ほー、青春だな。


と、にやにやしながら言われて、彬夫は自分の迂闊（うかつ）さに気づいて、また顔が熱くなった。

　けれどもうレジに出してしまったし、カバーをかけてもらって受け取ったそれは、指先にふれると瑛子の横顔を思い出して、甘い感触がした。

　彬夫が退店したときに、店の外にはもう瑛子の姿はなかったが、胸にしっかりと持った本の下で、心臓はドキドキと鳴り続けていた。


　帰宅して早速『野菊の墓』を読みはじめた。

　主人公の政夫（まさお）は、民子（たみこ）という年上の従姉に恋心を抱いている。民子も政夫を想っていて二人は相思相愛だ。しかし民子のほうが年上なのと家庭の事情があり、なかなかままならない。

　彬夫が驚いたのは、政夫が十五歳、民子が十七歳で、彬夫と瑛子と同年齢だということだった。

偶然だろうが、俄然感情移入してしまう。

民子のほうが二歳上だということを、村の人たちから口さがなく言われて、お互いに遠ざかる相談をするあたりなど、政夫の心情がわかりすぎて体のあちこちがしめつけられた。

また民子の愛らしさにも瑛子を重ねて、ドキドキした。

『私なんでも野菊の生れ返りよ。野菊の花を見ると身振いの出るほど好もしいの』

『民さんはそんなに野菊が好き……道理でどうやら民さんは野菊のような人だ』

『政夫さん……私野菊の様だってどうしてですか』

『さアどうしてということはないけど、民さんは何がなし野菊の様な風だからさ』

『それで政夫さんは野菊が好きだって……』

『僕大好きさ』

二人のやりとりに、胸がたまらなく熱くなる。

こんなに夢中で本を読んだことはなく、またこれは自分のための本だと感じたのも、初めての経験だった。

彬夫が瑛子と言葉を交わすことは、その後もなく、また目が合うことも二度となかった。けど、朝の通学時に自転車に乗った瑛子とすれ違うたび、幸本書店での奇跡のような出来事を思い出して、うっとりしていた。

あの、本に囲まれた場所で、あの日、確かに幸せな時間があったのだ。

忘れがたい、大切な。

胸が躍るような。

あざやかに、きらめく、甘酸っぱい思い出が。

やがて瑛子は卒業し、京都の大学へ進んだと噂で聞いた。

彬夫も二年後に高校を卒業し、東京の大学へ進学した。そのまま東京で就職し結婚したが、妻に先立たれて今に至る。

子供はいなかったので、五十半ばをすぎた今も一人で暮らしている。慣れてしまえば都会の一人暮らしは快適だ。

ただ、ときおり淋しさを感じるとき、彬夫は『野菊の墓』を読み返した。

亡くなった妻とは上司に勧められた見合い結婚で、それなりに愛情は持っていたと思う。

それでも自分が心の底から恋したのは、高校一年生のあの一度きりだと思えた。

『後(のち)の月という時分が来ると、どうも思わずには居られない。幼ない訳(わけ)とは思うが何分にも忘れることが出来ない』

『もう十年余も過去った昔のことであるから、細かい事実は多くは覚えて居ないけれど、心持だけは今猶(なお)昨日の如く、其時の事を考えてると、全く当時の心持に立ち返って、涙が留めどなく湧くのである』

『悲しくもあり楽しくもありというような状態(ありさま)で、忘れようと思う事もないではないが、寧(むし)ろ繰返し繰返し、考えては、夢幻的の興味を貪(むさぼ)って居る事が多い』

冒頭のそんな独白は十代のころよりも、五十代になった今のほうが胸に染みた。

四十年経ってもまだ彬夫の中には、幸本書店で瑛子と並んでいたときの記憶が鮮明に残っていて、あの幸福な場所はいつまでも存在するのだと思っていた。

それが、地元で兄夫婦と暮らす両親と電話で話していたとき、

――そうそう、幸本書店の三代目が亡くなってね。閉店してしまうのよ。この町の最後の本屋さんだったのに。

そんな話を聞いて、動揺したのだった。

幸本書店が閉店する？

彼女との思い出の場所がなくなってしまう？


——まあ、あんたは昔から本なんて読まなかったから、関係ないわね。


母親の言葉は、ろくに耳に入らなかった。

インターネットで幸本書店で検索すると、閉店の事情や、町から最後の書店がなくなることを嘆く住人たちの声が、次々と出てきた。

町から出て行った人たちからも、幸本書店がなくなるなんてショックです。幸本書店さんはずっと町にあるのだと思っていました、といったメッセージが寄せられていた。

三月末の閉店までの一週間、最後の営業をすること。

その際、ぜひ思い出の本を持ってきて記念撮影をし、その本にまつわる思い出をポップに書いてください、と書店のＨＰに掲載されている。

幸本書店は、本当になくなってしまうのだ！

彬夫はいてもたってもいられず、休暇をとり帰省したのだった。

両親も兄も、彬夫が幸本書店の閉店フェアのために帰ってきたことに驚いていた。母が言うように、彬夫は書店とは無縁の生活を送っていたので。

兄たちには適当に言いつくろい、彬夫は黄ばんでぼろぼろになった『野菊の墓』をコートのポケットにしのばせ、四十年ぶりに幸本書店を訪れたのだった。

もう三月も終わりだというのに、東京に比べて東北の冬は長く厳しい。厚手のコートを着てきたがそれでも寒く、吐く息が白い。

雪道の歩きかたを忘れて、何度もかかとがすべって転びそうになり、俺も歳をとった、剣道部でかかさず鍛錬をしていたあのころとは違うのだな……と感慨にひたりながら、左右を雑居ビルに挟まれた三階建ての縦長の書店を訪れた。

『幸本書店』と店名の入ったガラスのドアを見た瞬間、四十年も経っているのにもかかわらず、店の前に自転車を止めドアを開けて中へ入ってゆく、ポニーテールの少女の幻影が見えたような気がして、思わず胸を押さえて立ち尽くした。

あのころと同じように、心臓を高鳴らせながらドアを開ける。


「いらっしゃいませ！」


一階のレジで元気に挨拶をしたのは、大きな眼鏡をかけたエプロン姿の男の子だった。やわらかそうな黒髪が軽く跳ねている。バイトの高校生だろうか。

はきはきと明るくフェアについて語る様子に、気さくで陽気な二代目店長の姿が浮かんだ。

彼もまた突然の病で、若くして亡くなったという。

跡を継いだ息子も、不運としかいいようのない事故で命を落とした。

町の最後の書店は、もうじき役目を終えようとしている。

店の入り口に、希少な本や、店を訪れた著名人のサイン本などが展示されている。

中でも目立つのは『かのやま書店のお葬式』という二十年くらい前のベストセラーで、本を読まない彬夫でもタイトルや内容を知っている。作者の田母神港一（たもがみこういち）はこの町の出身で、実家にもサイン本があった。

こんな有名人が、この場所でサイン会を開いたんだ……。

きっと盛況だったんだろうなぁ……。

みんなが本を読み、本について語り、書店がきらめいていた時代があったのだ。

そして彬夫にも。

胸が躍り、頬が熱くなり、体の内側から沸き上がる恋情を感じていた、そんな若々しい時代が。

あのころの自分は、本当に未熟で不器用だった。

今の自分ならば、瑛子に対して少しはスマートに行動できただろうか……。

瑛子は大学を卒業したあと、京都で結婚したと聞いている。

なので、もしかしたら——などというのは、生産性のない想像にすぎないのだが。

そんなことを考えて苦笑しそうになっていたら、フェアのポップの書きかたを説明していた

眼鏡の少年が、

「今日は、なにかご本をお持ちですか？」

と訊いてきたので、気恥ずかしい気持ちで『野菊の墓』をポケットから出した。

「こんなおじさんが読む本じゃないけど、俺も四十年前は若かったから」

少年が、眼鏡の奥の目をわずかに見開いた。

そのまま、なにかに耳を澄ますような表情で、表紙の菊の絵を見つめている。

どうしたのだろう？

五十のおじさんが『野菊の墓』を後生大事に持っているのに、引いているのだろうか。

彬夫が本を見せたことを後悔していると、少年が大きな目をくるりと動かし、その目をレンズの向こうからきらきら輝かせ、彬夫を見上げた。

「お客さまは、もしかしたら剣道部でしたか？」

「へ？　あ、ああ……高校のとき」

何故そんなことを訊くのだろう？　それに何故、彬夫が剣道部だとわかったのだろう？

少年はますます明るい顔つきになり、

「やっぱり！」

と嬉しそうに声を上げた。

「お客さま、こんなにぼろぼろになるまで、この本を繰り返し読んでくださって、ありがとうございます！　本も喜んでいます」

まるで本の友人であるかのように、彬夫に向かって深々と頭を下げて礼を言い、

「だから、これはきっと本の恩返しです。お客さまを待ってらっしゃるかたがいます。来てください」

今にも駆け出したくてうずうずしている様子で、レジから出てくるのに唖然とした。

なんだ？　一体どうしたんだ？

「待ちなさい、榎木くん！」

レジの中にいたもう一人の女性店員が、ぎょっとしている顔で呼び止める。

「すみません、円谷さん！　この本が『待ちきれない』って言っているので！　ちょっと行ってきます」

円谷さんと呼ばれた怜悧な顔立ちの女性店員に向かって、底抜けに明るい笑顔で、そんなことを言って。

彬夫は困惑したまま、少年にせかされ早足になった。

待っている人？

本の恩返し？

さっぱりわからない。なんのことだ？

「きみは一体――」

何者なんだ？　と続けようとしたとき、少年は振り向き、眼鏡の奥の瞳を喜びにきらめかせたまま言った。

「ぼくは、本の味方です！」

いっそう混乱する彬夫の前を、小柄な眼鏡の店員は、やわらかに跳ねた黒髪と、店名入りのエプロンの裾をひらひら揺らして、せわしなく進んでゆく。一階の書籍コーナーの通路を直進し、曲がり、また曲がる。

そこは文庫を集めたコーナーで、ポップを書く人たちのための机が置かれていた。

ちょうど、ほっそりした体をかがめてポップを書いている女性がいる。その横顔を見て、彬夫は心臓が止まりそうになった。

四十年も経っているのに、一目でわかった。

伏せた目にも、しなやかな首筋にも、品の良い鼻筋にも口元にも、面影が残っている。

そして四十年が過ぎた今もなお、清楚な花のような趣（おもむき）をたたえている。

大竹瑛子さん！　自転車の君！

『野菊の墓』を持つ指に力がこもった。

眼鏡の店員が、彼女に明るく呼びかける。

「大竹さん！」

瑛子が顔を上げて彬夫のほうを見た。

四十年前と同じように、彬夫の目と瑛子の目が合う。

あのときすぐにそれていった瑛子の目は、今度は彬夫の顔にあてられたまま、大きく見開かれた。

白い手を口にあて、信じがたい出来事が起きたような表情を浮かべる。

彬夫の手には、黄ばんでぼろぼろになった『野菊の墓』の文庫本がある。

それを見た瑛子の目がさらに驚きに見開かれ、感情があふれ出すのをこらえるように唇をきゅっと噛むと、テーブルに置いてあった本をつかんで、表紙を彬夫のほうへ向けた。


『野菊の墓』！


彬夫の手にあるのと同じサイズ、同じ表紙の、同じ本で、同じくらい黄ばんでぼろぼろになっている。

彬夫が持っている『野菊の墓』と、瑛子が持っている『野菊の墓』が強い力で引き合うように、彬夫は眼鏡の店員のかたわらを夢中で通り過ぎ、瑛子に向かって進んでいった。

瑛子も同じように彬夫のほうへ近づいてくる。

そして初めて――。

五十六歳の彬夫と、五十八歳の瑛子は向き合って、言葉を交わしたのだった。

「じゃあ、あの二人は、ずっと両想いだったのね」

むすぶを追いかけてきた水海(みなみ)は、文庫コーナーの机の前で、照れくさそうに話している五十代の男女を見て啞然とし、そのあとむすぶから事情を聞き、ますます目をむいた。

今から三十分ほど前に、いわくありげな美人が『野菊の墓』を持って店を訪れ、むすぶに水を向けられるまま、

――高校生のとき好きだった人との、思い出の本なの。

と、はにかみながら話しているのを、水海も聞いていた。

――朝の通学路で、わたしは自転車だったのだけど、よくすれ違っていたの。彼は剣道部で、いつも防具の入った袋を背負っていたわ。それがとても凜々しく見えて、すれ違うときドキドキしていたのよ。

――袋に名前とクラスが書いてあって、彼はわたしより二歳も年下だとわかって、彼にわた

◇　◇　◇

しの気持ちを気づかれないよう、必死だったわ。そのころは今のように、年下の男の子と気軽におつきあいできる時代ではなかったから。

彼女は、一度だけ幸本書店で彼と居合わせたことがあるのだと、それは嬉しそうに語っていた。

彼女が書店に入ったら、そのあとから彼がやってきて、彼女の隣でずっと本を読んでいたのだと。

——わたし、その日は本当は三階に漫画を買いにきたの。けど、彼に見られているとわかって見栄を張ってしまって。普段は行かない文庫のコーナーのほうへ歩いていって手にとったのが、この『野菊の墓』というわけ。

——政夫と民子も、民子のほうが二歳年上で、わたしたちみたいだな、と思ったのよ。内容は知っていたけれど、ちゃんと読んだのはこのときが初めてで……。二人のやりとりに胸が甘酸っぱくなったわ。

——何度も何度も読み返して、最後はいつも哀しくて泣いていた。

――民子が政夫と同じ年齢だったら、二人は結ばれていたのかしらって……。

彼女は一度結婚したけれど、ずっと子供ができず十年前に離婚して、今は東京でネイルサロンをしているという。

そして今でも『野菊の墓』を読み返して、幸本書店で起こった甘い奇跡を思い出して、胸をときめかせているのだと。

――もう、あの男の子もとっくに結婚して、子供もいるでしょうけどね。けれど想像する分には自由だから。

そう言って、品の良い笑みを浮かべていた。

むすぶがおかしそうに言う。

「そういえば、瑛子さんが持っていた本は〝政夫さん〟で、彬夫さんが持っていた本は〝民さん〟だったんですよ」

彼女が〝政夫さん〟を。

彼が〝民さん〟を。

それぞれに大切に所有していたのだと。

「同じタイトルの本でも、一冊ずつ個性があって性格もまちまちなんです。瑛子さんと彬夫さんの場合は、相手を想う気持ちが本にも影響したのかもしれませんね。それで〝民さん〟と〝政夫〟さんになっていったのかも。だからきっと、二人が幸本書店で再会したのは必然だったんです」

晴れ晴れとした笑顔で、断言する。

本に個性があり、その声を聞くことができるだなんて、やっぱり胡散臭いと水海は思うし、それをあたりまえのように語るむすぶにもイラッとするのだけれど。

幸本書店で同じ本を買った二人が結ばれるのは、わたしも嬉しい……。

本が引き合い、呼び合った。

そんなことがあってもいいのかもしれない。

――本には人を結ぶ力があるように、ぼくは思います。

店長も、いつか水海にそんなふうに語っていた。灰色の事務室で花の香りのするお茶を淹れながら、おだやかな、やわらかな声で。

──同じ本を読んだ人たちが共感しあって、親しくなったり。本が会話のきっかけになったり……自分にとって特別な大切な本を、誰かに贈ったり……。

──そうやって本を通して、気持ちが繋がってゆくお手伝いができたら素敵ですね。


店長がこの場にいたら、きっと嬉しそうに微笑んでいただろうから……。

「民さん、政夫さんって、何度も何度も健気に呼び合うのを聞いてて、ぼくもジンとしちゃいました。昔の恋愛小説って初々しくて可愛いですよね」

まるでむすぶ自身が恋をして結ばれたかのように、眼鏡の奥の目を幸せそうに細める。

そうすると店長に少し似ていて……。


──ぼくは、本の味方です。


むすぶが明るく言い放つ声を、水海も聞いていたから──まるで店長が言い出しそうな口調と言葉で、胸がしめつけられて……。

と、いきなりむすぶがビクッとした。

「え！　や、違うよ、浮気じゃないよ、夜長姫(よながひめ)」

エプロンのポケットから、青い表紙の薄い本を焦っている様子で取り出し、言い訳をはじめる。

「本当だって！　ちょっと可愛いなって思っただけで、恋愛的な意味でじゃなくて――ほら、ぼくの好みのタイプは全面的に夜長姫だから。素朴な野菊やりんどうより、夾竹桃のほうがぞくっときてシビレるというか――あ、夜長姫が毒花だって言ってるわけでも――ちゃんと愛しているから、呪うのはやめてっ」

水海は隣で、苦い顔をしていた。

あー、やっぱり受けつけない。

本を恋人にして会話しているだなんて、理解できない。

それでも、むすぶが目をきょどきょどさせ、汗をだらだらかいて〝彼女〟に謝り倒している様子がおかしくて、ほんの少しだけ――本当に少しだけ、笑ってしまった。

第二話 『かもめ』の誇り

アスカが、幸本（こうもと）書店を訪れたベストセラー作家のサイン会の列に並んだのは、二十年前の秋だった。

そのときアスカはまだ高校二年生で、あの都会で大成功をおさめた田母神港一（たもがみこういち）が凱旋すると聞いて、足が宙に浮きそうなほどわくわくしたのを、今でも覚えている。

当時アスカは女優志望だった。

今はこんな東北の小さな町の高校で、演劇部の活動をしているだけだけど、卒業したら東京へ行ってオーディションを受けまくって、大女優になるのだと夢見ていた。

ぱっちりした大きな瞳とふっくらした唇がチャームポイントで、中学生のころからよく年上の高校生にも声をかけられた。高校生になってからは、大学生や社会人からも誘われるようになったけれど、アスカは誰ともつきあわなかった。

自分は若く美しく、才能があり価値がある。

だから、こんな小さな町でくすぶっているような男たちに、安売りはしたくない。

地位もお金も影響力もある、とびっきりの男性にうんと高く売りつけ、それを足がかりに舞台の中央できらめく女優になるのだ。

本気でそんなことを考えていたし、自分ならできると信じていた。

この町の独特の訛（なま）りをなくすために、テレビに出演している若いタレントたちの話しかたを真似して、肌や髪の手入れもかかさず、体型と体力維持のためダンスのレッスンにも通った。

だから、幸本書店で田母神港一のサイン会が開催されると聞いたとき、卒業を待たずにチャンスが訪れたと思った。

田母神はアスカより十三歳も年上だったが、インタビューの記事などで見た写真はお洒落なスーツをさりげなく着こなし、顔立ちも彫りが深く二枚目で、地位のある男性の自信と色気をまとっていた。

地元で公務員をしていた彼は、二十八歳のときに応募した原稿が出版社の新人賞を受賞し、その作品でデビューした。

『かのやま書店のお葬式』は、雪深い田舎の村に一店きりしかない書店が閉店することになり、その最後の一日に、様々なお客が訪れるという、おかしくてあたたかくて、〝泣ける〟お話だった。

たちまちベストセラーになり、有名女優や俳優がキャストに名前を連ねて映画化し、それもヒットした。新作のドラマ化も決まっていて、今一番乗っている作家だ。

その容姿や会話の上手さから、メディアにもよく登場しているので、きっとコネも影響力もあるだろう。

もし田母神に気に入られたら、彼の小説がメディアミックスしたとき、キャストに推薦してもらえるかもしれない。

そんな薔薇色の未来が頭の中をいっきに駆け抜け、サイン会の当日、アスカは支度に三時間もかけた。

お風呂で念入りに髪と体を洗うところからはじめ、ナチュラルに見えるメイクをし、髪をさらさらと肩におろし、高校の制服を着た。

都会の子たちが着ているようなお洒落な制服ではない、野暮ったい普通のセーラー服だけれど、若さを強調するのにこれ以上の装いはない。

緊張で胸を高鳴らせながら、駅の近くにある三階建ての縦長の書店へ行ってみると、なんと店の外まで行列ができていた。

出遅れた！

田母神の人気を軽く見ていた。

慌てて一階で田母神の新作を購入し、列に並んだ。

大ヒットした『かのやま書店のお葬式』ではなく、あえて新作を選んだのは、他のにわか読者とは違うというところをアピールする計算があったためだ。

きっと『かのやま書店のお葬式』の感想は聞き飽きていて、うんざりしているだろう。作家にとっては新作を購入して、面白かったです！　と言ってもらうほうが嬉しいに違いない。

なんなら『かのやま書店もすごく良かったけれど、新しいお話はもっと感動しました』と言ってみてもいい。

列に並んでいる人たちはみんな『かのやま書店のお葬式』を持っていて、アスカはちょっぴり得意気だった。

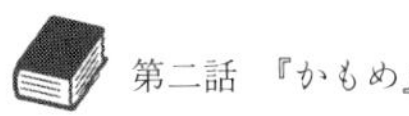

ほら、やっぱり。

あたしは、あなたたちとは違うのよ。

期待で胸をいっぱいにし、二時間は待っただろうか。

途中で、眼鏡をかけた優しそうな店長と、その奥さんらしいほんわりした雰囲気の、可愛らしい女性が出てきて、列に並んでいる人たちに紙コップに入った飲み物や、チョコレートを配ってくれた。

――今日はご来店くださり、ありがとうございます。お待たせしてしまって申し訳ございません。よろしければ、お手元の田母神先生のご本を読みながら、お待ちください。面白くて、あっというまに時間が過ぎてしまいますから。

店長が、眼鏡の奥の目をなごませて語る隣で、奥さんもにこにこしながら『どうぞ』と、一粒ずつ包装されたチョコレートの入った籠を差し出していた。

そんなふうにして、アスカもようやく田母神港一の前までやってきた。

記事で見た写真と同じだ！

本人なのだから当たり前なのだが、そんなことにも胸がとどろいた。

実物の田母神も彫りの深い二枚目で、イタリアブランドと思われるスーツを着て、自信と色気にあふれていた。

これが、この東北の町から飛び出して、都会で成功した人なのだ。

全身が心臓になったみたいに、アスカの鼓動は大きくなった。

アスカが本を差し出すと、

——おっ、新刊だ。

田母神の目がちょっとだけ見開かれ、口元がゆるんだ。それを見て、アスカはやっぱり新刊にして良かったと思った。

田母神が好意的な眼差しのまま顔を上げて、アスカを見た。その目に、アスカの若さと美しさを称賛するような色が浮かび、男の色気をたたえた口元に、さらに笑みが広がった。

——高校生？　何年生？

——二年生で十七歳です。

決して媚びた感じの笑みにならないように、初々しさと恥じらいをただよわせること。

けれど内気すぎないよう、明るく。

昨日、鏡の前でさんざん練習したから、きっとそんなふうに笑えているはずだ。その証拠に田母神が、まぶしそうに目を細める。

——十七歳か。若いなぁ……。

——先生だって若いし、えっと……お写真よりもっとカッコいいです。

——あはは、女子高生に褒められちゃったな。ありがとう。サイン会を開いて良かったよ。今度の新刊、高校生にはちょっと難しいかもしれないけど、読んでみて。

——はい！ あの……読んだら、感想をお送りしてもいいですか？

——もちろん。楽しみにしているよ。……ああ、きみ、アスカっていうんだね。飛鳥時代のアスカだ。いい名前だね。

サインに入れてもらいたい名前は、あらかじめ紙に書いておく。それを見ながら田母神が言う。

――ありがとうございます。あたしも自分の名前は飛ぶ鳥の『アスカ』だと思っています。だから嬉しいです。


それは本当だった。

小学生のころ、自分だけ名前がカタカナなのが嫌で、漢字を考えたのだ。飛ぶ鳥だなんてカッコいい。あたしの名前は『飛鳥』にしよう。

だから自分の名を名乗るときも書くときも、アスカは心の中で、あたしは飛ぶ鳥のアスカなんだと思っている。


誰にも言ったことはなかったのに……。


打算ではなく、素のアスカが胸を高鳴らせた瞬間だった。頬や目や唇が自然とほころび、とろける。

それを見る田母神の表情がまたちょっと変わり、意外そうな眼差しになり、それから何故だか少しだけ切なそうな目をした。

けどそれもすぐに薄れてゆき、

菅野飛鳥様

田母神港一

表紙の裏に、田母神が慣れた手つきでサインペンを走らせ、漢字で『飛鳥』と書いてくれて、アスカはさらに頬が熱くなった。

——ありがとうございました！　宝物にします。


本を胸にぎゅっと抱いて、お礼を言って離れた。

手応えはあったと思う。

だからアスカは、さらに挑戦してみることにした。

サイン会が終わったあと、田母神が書店の裏口から出てくるのを待ったのである。

いわゆる『出待ち』だ。

相手によっては嫌がられることもあるし、そうなれば逆に印象を悪くしてしまうだろう。

けれど、サインをしてもらったときの田母神の感じからすれば、勝算はある。アスカを見つめる田母神の瞳には、アスカへの興味と好意が感じられた。

秋とはいえ、夜になると気温もどんどん下がっていってセーラー服だけでは寒いほどだった。

田母神はなかなか出てこない。もしかしたらもう帰ってしまったのかもしれない。
冷たい手で肩を抱き、洟をすすり、しょんぼりしていたとき。
ドアが開いて、トレンチコートを羽織った田母神が出てきた。
入り口で、あの優しそうな眼鏡の店長と話している。

――港一さん、今日は本当にありがとうございました。お客さんもみんな喜んでいました。また来てください。

――……ああ、おれも楽しかったよ、笑門さん。……弥生子さんも……元気そうで安心した。

――今度はもっとゆっくりしていってくださいね。うちの奥さんが港一さんに手料理を振る舞いたいそうですから。なんなら事務室に運んでもらって、前みたいに港一さんと一晩中語り明かしたいです。

――……もう若くないから、それはどうかな……。でも、弥生子さんの手料理は楽しみにしているよ。

――はい、伝えておきます。田母神さん……また、連絡しますね。

——電話は原稿が忙しくなるとなかなか出られないから、メールかファックスにしてくれると助かる。

——わかりました。メールします。


笑顔で挨拶しあい、田母神が店長に背を向けて歩き出す。店長はやわらかに目を細めたまま田母神を見送っている。

アスカは田母神のあとをつけていった。

田母神が駅に着く前に、声をかけないと。

この通りを抜けたら、人が多くなる。

今しかない。


——田母神さん！


振り向いた田母神を見て、アスカは頭から冷水を浴びせられた気持ちになり、一瞬で後悔した。

何故なら田母神が、非常に険しい表情をしていたからだ。

苦しそうに顔をゆがめ、歯を食いしばっている。

目の中に激しい憤りと苦しみが浮かんでいて、それが行き場を求めてギラギラしていた。

サイン会のときとは別人のようだ！

まるでたった今、人を殺してきたような。そんな凄絶さえ感じられて。

この人は本当に、昼間会った田母神さんと同じ人なの？

——あ、あの……あたし。田母神さんの新作……読みはじめたら、おもしろくて……止まらなく、なっちゃって……。どうしても、田母神さんに……すぐに感想を伝えたくて……それで……。

アスカの声も、足も、震えている。

怖い！

逃げ出したい！

きっと、アスカは狼に出くわした間抜けな子うさぎのように、惨めな顔をしているだろう。

田母神はアスカがサイン会に来ていた女子高生だと気づいたようで、目からギラギラした光は消えた。

けれど、やっぱりまだ疲れたような苦しそうな顔をしていて、

——ああ……きみだったのか。ずっとおれのことを待っていてくれたの？ 寒かっただろう？

と尋ねた。

——い、いいえ。大丈夫です。それに田母神さんの本を読んでいたら、あっというまでした。

眼鏡の店長の言葉を借りて伝えると、田母神は眉根をぎゅっと寄せて苦しげな顔をした。それから薄い笑みを浮かべて、手を伸ばしてアスカの頬にふれた。

大きな手に顔を握りつぶされそうな気がして、その瞬間背筋が凍った。

——ああ、やっぱり冷たいな。

なまぬるい手が、アスカの右の頬をすっぽりおおっている。

暗い目がアスカを見おろしている。

怖い。

怖いっ。

――平気……です。


そうつぶやくのが、やっとだった。

すると田母神が、今度はひどく優しい眼差しになり、おだやかな声で言った。


――きみは『かもめ』のニーナのようだね。

――かもめ……？

――チェーホフの戯曲だよ。ニーナは女優志望のヒロインだ。


女優！

田母神のおだやかな口調にほぐれかけていた心臓が、またドキンと音をたてた。

アスカの行為の裏にあるものを、すっかり見透かされているようで。

もしかしたらアスカのように、影響力のある有名人に近づこうとする女性は、これまでにもたくさんいたのかもしれない。

ああ、きっとそうだ。

なんてバカだったんだろう。

きっとこの人は、あたしのことを打算的で尻軽な女だと軽蔑している。

――きみがニーナなら、おれはニーナを都会へ連れ出す、作家のトリゴーリンといったところかな。

アスカが都会に憧れていることも、この町を出たいと思っていることも、やっぱり全部バレている。

だけど、もう引き下がれなかった。

トリゴーリンがどんな人物で、ニーナがどうなったのもわからない。

でも。

――どうする？ おれはきみを破滅させてしまうかもしれないよ。

アスカを見おろす田母神の表情に、また暗い影が落ちる。唇から笑みが消え失せ、細めた瞳に何故だか切なそうな感情がにじむ。

何故この人は、こんなに哀しそうな顔をするのだろう。まるであたしの未来を見透かして憐れんでいるみたいに。

精一杯の勇気を振り絞り、アスカは答えた。

――平気です。

◇　◇　◇

「……あれからもう、二十年も経つんだ」

電車の外を流れてゆく、雪で白くおおわれた田んぼや畑をぼんやり眺めながら、三十六歳のアスカはつぶやいた。

十七歳で田母神と一夜を過ごし、十八歳で高校を中退して、東京の田母神のマンションで同棲をはじめた。

それも三年しか続かなかった。

いや、三年ももったというべきか。

一夜限りで捨てられる可能性もあったことを考えれば、田母神はアスカに対してじゅうぶん誠実だったといえるだろう。

田母神の口利きで芸能事務所に所属できたし、ちょい役でドラマや舞台にも出演させてもらった。

田母神と別れたあと、事務所を辞めてフリーになり、今は小さな劇団で役者をしている。

公演する場所も、華やかな大劇場ではなく、観客がビニールシートに座って観劇するような

地下の劇場だった。
もちろんそれで生活できるはずがないので、クラブのキャストをしているが、それも年齢的にいつまで続けられるかわからない。
アスカの売り上げは、どんどん落ちている。

「『かもめ』のニーナみたい、かぁ……」


チェーホフの薄い戯曲集を、今でもよく読み返す。

女優に憧れるニーナは、村を訪れた父親ほど年齢の離れた作家のトリゴーリンに恋をし、彼と一緒に都会へ行く。

けれど夢見たような成功はつかめず、トリゴーリンも昔の恋人と縒(よ)りを戻してしまう。

細々と女優を続けるニーナは、あるとき故郷の村にこっそり帰省し、まだ少女だったころに自分が立った、手作りの舞台を見に行くのだ。

まるで今のアスカの状況そのままだ。

田母神と出会った幸本書店が閉店すると知り、アスカにとって様々な思いのつまったあの場所がなくなる前に、どうしても見ておきたくて。文庫の『かもめ』と最低限の荷物だけを鞄につめて、電車に乗った。

新幹線を使うよりも節約できるけれど、そのぶん時間もかかる。新幹線だと一時間ちょっとの距離が、電車を乗り継ぎながらだと待ち時間も含めて四時間はいる。

なにもしないでぼんやりしていると、過去のことをあれこれ思い出して胸がふさがるような気がした。移り変わる景色が寒々しくなり、気温が下がってゆくにつれて乗客も減ってゆき、今、この車両にはアスカ一人だ。

すっかり覚えてしまったニーナの台詞を、掠れた声でつぶやいた。

『女流作家とか女優とか、そんな幸福な身分になれるものなら、わたしは周囲の者に憎まれても、貧乏しても、幻滅しても、りっぱに堪えてみせますわ』

『屋根うら住まいをして、黒パンばかりかじって、自分への不満だの、未熟さの意識だのに悩んだってかまわない』

『その代り、わたしは要求するのよ、名声を……ほんとうの、割れ返るような名声を』

田母神と別れたあと。二十三区の端にある築三十年、六畳一間のアパートで生活しながら、いつもこの台詞を唱えていた。

今は耐えるときだ。

大丈夫、わたしはまだ若い。

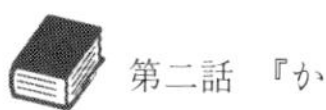

まだ、たったの二十一歳だ。
わたしが名声を手にするのは、これからだ。

何故、あんなふうに未来を信じられたのだろう……。

自分は特別な、選ばれるべき人間だと思えたのだろう……。


三十六歳のアスカはまだ、売れない女優を続けている。

窓の外が重たい灰色になってゆくにつれて、アスカの心もどんどん重く暗く沈んでゆく。

雪におおわれた山や畑は、東京にいたら見ることのない風景で——それはアスカに郷愁よりも胸苦しさを感じさせる。

冷たく重い雪の中に封じ込められて、そのまま手足がこわばり、かたく凍りついてしまいそうな。

電車が止まりドアが開くと、鋭い冷気が吹き込んできた。

それと一緒に、制服を着た女の子たちの一団が現れた。ちょうど下校の時間なのだろう。静かだった車内が急ににぎやかになり、アスカはほっとした。

ひとりでいると、どんどん堕ちていってしまうから。

他人の声は嫌いではない。

雑踏の中にいると安心する。

女の子たちは楽しそうに、部活のことや恋愛のことを話している。東京の子たちにはない、語尾をおっとりと伸ばすような独特の訛りがあって。ああ……帰ってきたんだな、と思った。

学生時代、アスカの周りにいた女の子たちもこんなふうに訛っていて、自分はそうはなるまいと思っていた。

けれど東京で芸能事務所に所属して、まず最初に言われたことは、

――きみ、訛ってるよね。それ直したほうがいいよ。それとも訛りキャラってことにする？　そうすると役柄も限定されるし、バラエティ売りになるけど。

自分は他の子たちと違って訛っていないと思っていたので、ショックだった。

今はもう訛りも抜けてしまった。

けれど、この車両の中で、自分だけが標準語を話せるということが、特別なことではなく淋しいことに思えた。

あたしはもう、こっちの人間じゃないんだ。

たまに帰省するたびにそうした疎外感に襲われて、東京に楽しいことが待っているわけでも

ないのに、早く向こうに帰りたいと考えてしまう。

そんなことを繰り返すうちに、帰省自体やめてしまった。

最後に帰ったのは、いつだっただろう。


……そうだ。震災のあとだ。


九年前。

アスカが二十六歳のとき、東北で大きな地震があった。

アスカは東京のアパートで、購入したばかりの薄型液晶テレビでずっとニュースをつけていた。建物が倒壊し、真っ黒な津波がすべてを飲み込んでゆくのを、顔をこわばらせ、息をひそめ、信じられない気持ちで見ていた。

アスカの地元は被害も少なく、電気もガスもすぐに復旧した。

それでも、震災の翌月帰省したアスカの目に、ひび割れた壁や、崩れた塀、積み上げられた瓦礫などが、しばしば飛び込んできた。震災の爪痕はそこかしこに残っていて、それを見るたび胸がぎゅっと縮（ちぢ）まり、呼吸が苦しくなった。

町の大通りでも閉じている店が多く目につき、このままこの町は死に絶えてしまうのではないかと感じて、怖かった。

東京に戻ってからも、地元から届く便りは、あの店が閉店した、あの学校がなくなったというものばかりで、そのたび胸がつまった。


やがて電車が地元の駅に到着した。

実家へ向かうバスに乗る前に、まっすぐ幸本書店へ向かう。

幸本書店は駅から徒歩三分ほどだが、大きな通りとは逆方向にある。それでも、アスカが高校生だった当時、このあたりもそこそこ人通りが多く、にぎわっていたのが、今は閑散としていた。平日の夕方ということもあるのだろうけれど……。やっぱり人が少ないし、店にも活気がない。

通り全体が、ゆるやかに衰退しているのを感じる。

向こうの大通りも、こんなふうなのだろうか……。もし、そうなら、アスカの故郷もまた衰退に向かっているのではないか。

幸本書店の閉店は、その象徴のように思えた。

震災のあと、町に五店あった書店は次々閉店して、幸本書店だけが町で唯一の書店として生きながらえていた。

そのことが、アスカにとって支えにもなっていた。

十七歳のアスカが傲慢なほどに未来を信じ、きらきらした夢をいっぱい抱えていたあのとき。

サイン会で田母神に『きみ、アスカっていうんだね。飛鳥時代のアスカだ。いい名前だね』と褒められて、胸をときめかせたあの場所——彼が、アスカの若さと美しさにまばゆげに目を細めたあの場所は、まだ存在するのだと。

それがなくなってしまう。


雪が降り積もった道を、もどかしい気持ちで進んでゆく。

雪の日用のブーツなんて東京では不要だから、持っていない。スニーカーではかかとがすべって、軽快に歩けない。

高校生のころは雪でがちがちに固まった道路を、自転車で通学するのだって平気だったのに、今はただ歩くのさえ臆病になる。駅からほんの三分のはずの距離が、はてしなく長く感じられて、ようやく『幸本書店』と店名の入ったドアの前に辿り着いたとき、まだそこに縦長の三階建ての建物があることに安堵した。

本当に、あと四日で閉店してしまうのだろうか……。

ドアを開けようと伸ばした手が止まったのは、もしかしたら田母神が来ているかもしれないと考えたためだった。

幸本書店は、田母神にとってサイン会を開いた縁もある、地元の書店だ。

また、思い出の本を持参し、その本を紹介するポップを書くという閉店フェアの内容も、田母神の代表作である『かのやま書店のお葬式』をなぞったものだ。

それだけではなく、亡くなった店長と田母神は年齢も近く、親しい友人だった。

眼鏡をかけたおだやかで優しそうな店長を、田母神は『笑門』と呼んでいた。

笑門の家に子供が生まれたのは、アスカが田母神と同棲していた時期だったので、アスカは一緒にお祝いを買いにいった。

デパートでベビー服を選んでいるとき、田母神は暗い表情を浮かべていて、様子が変だった。

笑門からお礼の電話があったときも、どことなく歯切れの悪い口調で話していて、通話を切ったあと、ひどく険しい目をしていた。

アスカが『笑門さんちの赤ちゃん、見に行きたいな』と言ったときも、締め切りがあるので無理だと声も表情もこわばっていた。

笑門とのあいだに、おそらくなにか事情があったのだろう。

それでも、田母神にとって幸本書店とその店長が、忘れがたい特別な存在であることは間違いなく、酒に酔ったときなど、切なそうな眼差しで昔の話をすることがあった。

幸本書店の事務室で、よく二人で一晩中本について語りあかしたこと。

奥さんの弥生子さんが、自宅で話せばいいのにとあきれながら、食事を差し入れてくれたこと。

――事務室の壁に……絵が飾ってあるんだ。海辺にうち捨てられた大きな鳥の骨が描いてあって……作者は笑門の父親らしい。

──兼定（かねさだ）さんといってね……明るくハンサムな人で、絵がとても上手かった。読み聞かせも達者で、書店員じゃなければ、絵描きか役者になっていたんじゃないかと笑門が言ってた……。

──病気で早くに亡くなってしまったんだが、絵の『滅び』というタイトルは、本人にそういう予感があったからなのかもしれない……。あの絵はまだ……あの部屋のあの場所にあるんだろうか……。

慕（した）わしげに、懐かしげに語りながら、しだいに暗い表情になってゆく。そういうとき『かもめ』の一節を淡々とつぶやいたりもして……。

──『人も、ライオンも、鷲も、雷鳥も……』

──『一切の生き物、生きとし生けるものは、悲しい循環（めぐり）をおえて、消え失せた』

──『もう、何千世紀というもの、地球は一つとして生き物を乗せず、あの哀れな月だけが、むなしく灯火（あかり）をともしている』

低い声で、哀しそうに、苦しそうに……。

少し涙ぐんだりもしていた。

三年間、田母神と暮らしたけれど、彼が内に秘めているものをアスカが知ることは、ついになかった。

彼がなにを望んでいたのか。

何故アスカを受け入れたのかも。アスカに対して愛情はあったのかさえ。

田母神はアスカには本心を見せてくれなかったし、田母神の気持ちを推し量ることにくたくたに疲れて、アスカは彼と別れた。

なのに、まだ引きずっている。

別れたあとも田母神の気持ちについて、考え続けている。

今でもわからないことだらけで——でも、田母神が幸本書店や笑門を避けていることや、同時にそこへ行きたがっていたことも感じていた。

だから、田母神は多分……来ると思う。

田母神に会う可能性は、高い。


そんなこと……来る前からわかっていたじゃない。


なにを今さらと、アスカは自嘲した。

幸本書店が閉店し最後の営業をすると聞いたとき、真っ先にアスカの頭に浮かんだのは、そこで田母神に会えるかもしれないということだったのだから。

田母神に会いたい。


でも、もう十七歳ではない三十六歳のあたしでは、あの人を惹きつけることはできない。

あの人に、歳を取って魅力のないつまらない女になったと思われるのは、絶対に嫌だ。

会いたくないっ。


心の中に二つの気持ちがあって、ずっと葛藤していた。

会いたい。

会うのが怖い、会いたくない。


今さら会ってどうするのだろう。

田母神がアスカの惨めな現状を変えてくれるわけでもないし、そんなことは望んでいない。

第一田母神だって、あのころほど影響力のある作家ではない。

ならば何故、こんなに会いたくてたまらないのか。


後ろから別の客がやってきた。ドアの前に立っていたら邪魔になってしまう。アスカは勢いにまかせてドアを開け、店の中に入った。

「いらっしゃいませ！」

一階のレジにいた眼鏡の男の子が、明るく挨拶をしてくる。やわらかそうな黒髪の先が少し跳ねている。

「お客さまは、本日はなにかご本をお持ちですか？　あちらで撮影と、ポップの製作を行っておりますので、ぜひご参加ください」

気持ちの良い声ではきはきと告げたあと、突然妙な顔をした。


「え、あれ」


眼鏡の奥の目をぱちくりとさせ、なにかに耳をすますような曖昧な表情を浮かべ、そのまま数秒、考え込んでいたが——やがて笑顔で、

「すみません、どこかで会ったことがあるような気がしたものですから」

と言った。

「ひょっとして、テレビに出ていませんでしたか？」

「……いいえ」

アスカは苦い笑みで答えた。

もし彼が、アスカが出演したなにがしかの番組を見ていたとしても、モブに近い役か、せい

ぜい再現フィルムで夫に内緒で借金をして風俗に転落した主婦の役などだろう。

そんな役しかもらえない女優だと思われるのは、恥ずかしかった。

「そうですか。お客さまがお綺麗なのでてっきり。すみませんでした」

屈託のない話しかたが、亡くなった笑門に少し似ている。笑門も眼鏡をかけていて、おだやかな優しい顔をしていたから。笑門の子供だと言われたら、ああ、そうなんだと思ったかもしれない。

レジから離れて歩いてゆくアスカの背中で、眼鏡の少年が、

「わっ、浮気じゃないよ。今のはその、みんながざわめいていたから。とにかく浮気じゃないって」

と誰かに小声で言い訳している声がした。

眼鏡の子の彼女が店に遊びに来ていて、先ほどのアスカとのやりとりを聞いていて、やきもちを焼いたのかもしれない。

なんだか可愛らしくて、少しやわらかな気持ちになった。

そういえば……あの眼鏡の子、訛りがなかったわ……。

よそから来た子なのかしら？

そんなことを考えていたのも、少しのあいだだった。

文庫コーナーの棚に、アスカが鞄に入れてきた『かもめ』と同じ装丁の本が並んでいるのを見つけて、胸の奥のやわらかな部分を、なにか透明なものが貫いていったような気がした。

心が、十七歳のあのころに戻ってゆく。

田母神と一夜を過ごし、連絡先を書いた名刺を渡され駅で別れたあと、幸本書店に急いで引き返し『かもめ』を探した。

ニーナがどんな女の子で、トリゴーリンは彼女をどんなふうに破滅させたのか、気になったのだ。

――きみは『かもめ』のニーナのようだね。

――どうする？　おれはきみを破滅させてしまうかもしれないよ。

チェーホフの他の本と一緒に棚に並んでいた『かもめ』を見つけ、レジで購入し、ざわめくファストフード店の片隅で、ドキドキしながらめくった。

女優を夢見る若く純粋なニーナは、有名作家のトリゴーリンにとっては気まぐれで手を出した、ちょっとした短編の題材にすぎなかった。

トリゴーリンと都会で暮らしはじめたものの、恋の苦労や嫉妬はニーナを疲弊させ、女優としての自信も失われてゆく。

『両手のもて扱いかたも知らず、舞台で立っていることもできず、声も思うようにならなかった。ひどい演技をやってるなと自分で感じるときの心もち、とてもあなたにはわからないわ』

ニーナがそう訴えたのはトリゴーリンではなく、彼女がコースチャと愛称で呼ぶ昔なじみの青年だった。

彼もまた作家になり、ニーナのことを今も変わらずに愛していたけれど、ニーナが愛していたのはトリゴーリンだった。

冷めてゆくコーヒーに手もつけず、息を殺すようにして読み進めながら、あたしはニーナのようにはならないと、十七歳のアスカは強く思ったのだ。

あたしはニーナみたいに田母神さんに捨てられたりしない。女優としてもきっと成功してみせる。

痛々しいほどに傲慢だった十七歳の記憶に胸を抉(えぐ)られながら、三十六歳のアスカは本棚のほうへ手を伸ばした。

薄い戯曲集に込められた、田舎育ちの夢見がちな少女の哀しみや絶望、願いと祈り、忍耐を、アスカはもう知っている。

抜き出して手に持ったとき、あんまり表紙がすべすべしていて、ページも全然黄ばんでも波打ってもおらず綺麗で——鞄に入っているアスカの古い『かもめ』と比べて——本当に綺麗で——喉が震え目がうるんで、泣いてしまいそうだった。

奥に机が置いてあり、そこに子供を連れた主婦が集まって、にぎやかにポップを書いている。

彼女たちは、アスカと同じ歳くらいに見えた。

もし幸本書店のサイン会で田母神に会わなかったら——もし、サイン会のあと書店の裏口で田母神を待ったりしなかったら——田母神を呼び止めたりしなかったら——アスカは東京へ行くこともなかったのだろうか？

高校を卒業して、この町で普通に就職して結婚して、子供が生まれて——あたたかな家で笑いながら暮らしていたのだろうか？

もし彼に会わなかったら、そんな幸せを得られたのかもしれない。

昔は女優を目指していたのよ、と主婦仲間や家族に笑い話として語って、それで案外満ち足りていたのではないか。

色とりどりのサインペンや色鉛筆を使ってポップを書いている母親も子供たちも、みんな楽しそうで。

三十六歳にもなって、まだ女優として成功するなどと言っている、定職にも就いていない、クラブで水商売をしているアスカは、この町では異端だ。

ここはアスカの故郷なのに、楽しそうな輪の中にアスカは入れない。

もし高校時代のクラスメイトが今のアスカを見たら、自分は特別だとうぬぼれていて、あた

したちを見下していたのに、三十六歳で地下劇場に出演してるって――それ女優って言わないよね？　それだけで食べてるわけじゃないんでしょう？　とあざ笑うだろう。
つやつやと光る真新しい『かもめ』を見おろしながら、惨めさと孤独で張り裂けそうだった。

帰りたい。

ここは、あたしの生まれた土地だけど、もうあたしの居場所じゃない。
東京へ帰りたい。

あそこなら、誰も十七歳のあたしを知らないから。

どうして来てしまったんだろう。
十七歳の自分に戻れるわけではないのに。
あたしの『かもめ』はもうボロボロで、こんなに艶も帯びてないし、綺麗じゃない。ページだって折り目がついて黄ばんでいる。
真新しい『かもめ』を手にしたまま、ひりひりする胸の痛みをこらえて、うつむいていたとき。

「アスカ……？」

会いたくてたまらなかった――でも会うのが怖くてしかたがなかった人の声が、アスカを呼んだ。

心臓が大きく音を立て、そのあと痛いほどの緊張が、アスカの全身をきつく縛り上げた。

ぎこちなく向けた視線の先に、スーツの上にトレンチコートを羽織った田母神が、手にブランドのビジネスバッグを持って立っている。

彼は困惑の表情を浮かべていた。

「まさかきみに会うなんて……。今なにをしてるんだ」

アスカはまばたきして涙をしりぞけ、舞台に立っているつもりで笑顔を作った。

「久しぶりね、田母神さん。会えるような気がしていたわ。あたしのほうは小劇場で色々やらせてもらってる」

それだけで食べていけないことは田母神も察しているだろう。痛ましそうに眉根を寄せた。

あたしは彼にそんな顔をさせてしまうほど、疲れて見えるのだろうか？

けど、彼だってずいぶん老けた。

昔はもっと自信たっぷりで、ぎらぎらしていたのに。

なんだか、とても苦しそうで、淋しそうに見える。

ああ、そうだ、お酒を飲んで弱っているときみたいに……。外での彼は、決してこんな暗い顔は見せなかったのに。

「来月また公演をするの。あたしの役、二番手で結構いい役なのよ。よかったら見に来て。それと築地のクラブでキャストもしてるから、そっちも興味があったら来てみて。元カレ割で安くしとく」

今が充実しているように見せたくて、懸命に笑ってみせる。明るい声を上げてみせる。

そうするほど田母神は苦しそうな顔をし、アスカは焦りでいっぱいになり、ますます笑おうとする。

田母神の視線が、アスカの手元に落ちた。

アスカが持っている本のタイトルに気づいて、いっそう眉根を寄せて、低い声でつぶやいた。

「……『かもめ』か。おれはやっぱりトリゴーリンで、きみを破滅させてしまったんだな……」

アスカは笑おうとして――笑えなかった。

田母神の言葉だけではなく、彼の哀しそうな目が胸に突き刺さって。

『すっかり、へとへとだわ！　一息つきたいわ、一息！』

『わたしは――かもめ。いいえ、そうじゃない……』

『ふとやって来た男が、その娘を見て、退屈まぎれに、破滅させてしまった。……ちょっとした短編の題材……。これでもないわ』

頭の中で、ぼろぼろに疲れはて絶望したニーナが、切れ切れになにか言っている。

もし田母神と出会わなかったら——田母神に近づこうとしなかったら——東京へ行く電車に乗らなかったら——そんな気持ちがまたわいてきて——。

田母神と出会わず、高校を辞めることもなく、この町で結婚をして子供を産んで幸福に暮らしている自分の姿が、脳裏を一瞬で駆け抜けて——。

幸福？　本当に？

いいえ、そうじゃない！

頭の奥がカッと熱くなり、アスカは心の中で叫んでいた。

その瞬間、信じられないような強い気持ちが胸に突き上げた。

これまで繰り返し声に出して読んできた、ニーナの言葉が、想いが、決意が、頭の中で舞い上がり、鳥の羽ばたきが聞こえたような気がして。

アスカは首をすっと立て、田母神を真正面から見つめた。そうして揺るぎのない強い声で言った。

「それは違うわ、あたしは破滅なんかしてない。田母神さんに出会わずに、町に残って普通に就職して結婚して子供を産んでも、あたしは常に、本当の自分はこんなんじゃない、本当は東京に行って女優になりたかったのに、十代のころの自分ならそうできたのにって、悔やみ続けていたわ。そんなの全然幸せじゃない」

田母神が、目を見張る。

初めて見る相手へ向ける顔つきで、アスカを見つめる。


「田母神さんのおかげで、あたしは女優になれた。自分の十字架を負うすべを知ったの。今でも女優を続けているのは、それをあたしが望んでいるからよ。他の人生も選べるけれど、あたしはこの道を選んだの。これからも、この道をゆくわ」


そうだ。

そうだったんだ。

女優になったのも、全然売れなくても、大きな舞台に立てなくても女優を続けているのも、あたし自身の意志だ。

他の生きかたなんて、いくらだって選べるはずなのにそうしないのは、それをしたらあたしじゃなくなるから。

「きみは強いな」

つぶやく田母神の目にも声にも、もうアスカへの憐れみはなく、ただ哀しみと敬意だけがあった。

アスカは笑った。

今度は惨めさを隠すためではない。今の自分を誇らしげに示すための笑みだ。

「そうよ、あたしはニーナだもの」

『舞台に立つにしろ物を書くにしろ同じこと。わたしたちの仕事で大事なものは、名声とか光栄とか、わたしが空想していたものではなくって、じつは忍耐力だということが、わたしにはわかったの、得心が行ったの』

『おのれの十字架を負うすべを知り、ただ信ぜよ——だわ。わたしは信じているから、そう辛いこともないし、自分の使命を思うと、人生もこわくないわ』

ニーナの心にアスカ自身の心が、これほどぴったり重なったことはなかった。

ああ、そうね。

そうだったのね、ニーナ。

今ならわかるわ。

多分この先、辛いことも挫けることも、空しくなることも哀しくなることもたくさんある。

それでも、あたしは女優だわ。

そして、通り過ぎてきた過去と、これから訪れる未来がどんなふうであれ、今このときは強く明るく笑える。

「さよなら、田母神さん。公演、本当にもし気が向いたら来てみてね」

真新しい『かもめ』を手に、鞄の中の古い『かもめ』を持ち、二冊の『かもめ』とともに、アスカは田母神に背を向けレジへ向かった。

眼鏡の少年店員は、つやつやした新しい『かもめ』を差し出したアスカを見て、何故だかにこにこしていた。

まるで、アスカと田母神のやりとりを聞いていたみたいに。

もちろん、そんなはずはないけれど、今のアスカを肯定してもらっているような気がして、気分が良かった。

会計をすませ、

「この本と、あたしが持ってきた古い本と、同じ本なのだけど、あたしと一緒に撮影してもらえるかしら？」

と言ってみると、満面の笑みと明るい声で、

「はいぜひ！」

と答えた。

「今、すごく拍手したい気持ちです！　この本たちもそう言っています！」

目をとろけそうに細め、とびきりわくわくしている顔で、付け加える。

「おおげさね」

アスカも笑ってしまった。

でも、嬉しかった。


「じゃあ撮りますよ〜！」


右手に新しい『かもめ』を、左手に古い『かもめ』を持って、アスカは肩をそびやかし誇らしげに笑う。

そう、あたしは飛ぶ鳥のアスカ。

白いかもめで、女優なの。

その十字架を背負って、進んでゆく。

眼鏡の男の子が撮影してくれた写真は上出来で、アスカも二冊の『かもめ』も、とても綺麗

に映っていた。

『過去と未来、そして今のあたし！』

そんな言葉を書いたポップを作成し、みんなが思い思いに書いたポップがずらりと並ぶテーブルまで来て、自分の分もそこに置く。

晴れやかな、暖かい、よろこばしい、清らかな、優しい、すっきりした——花のような感情を抱いて、ポップの群れを眺めていたとき。

なにかに吸い寄せられるように、田母神の書いたポップを見つけた。

添えてある写真に本の書影がひっそりと映っていて、田母神のサインとコメントが記されている。

それを読むうち、喜びにほてっていたアスカの体から、すーっと熱が引き、ひどい寒気に襲われた。

い、い、いどうしよう。

背筋がぞくぞくし、不安と恐怖が喉をしめつける。

きっと思い過ごしだ。田母神とはさっき話したばかりで——彼は暗い顔をしていたけれど、そこまで思いつめた様子はなかった。

でも、一緒に暮らしていたときから、本心を見せない人だったから――。

「お客さま、なにかございましたか？」

アスカはよほど青ざめていたのだろう。

あの眼鏡の店員がいつのまにか近くにいて、心配そうに声をかけてきた。

眼鏡の奥からじっと見つめてくる大きな黒い瞳が、とても真摯（しんし）で、アスカを気遣い、力になりたいという気持ちに満ちているように感じられて、アスカは胸で渦巻くどす黒い不安を、思わず口走ったのだった。

「お願い……。田母神さんから目を離さないで。あの人は――ここへ死にに来たのかもしれない」

何故なら彼は、本当はトリゴーリンではなく、人生に絶望して死を選んだコースチャなのだから。

挿話　『かいけつゾロリのなぞのうちゅうじん』と、ずっとずっといっしょ！

うわっ、お客さんがいっぱいだ。

授業が終わったあと、思い出の本を持って幸本(こうもと)書店を訪れた広空(ひろたか)は、店内が活気づいているのを見て、胸をはずませた。

白髪のおじいさんから、お母さんと手を繋いだ子供たち、広空と同じ中学の制服を着た学生まで、幅広い年代の人たちが幸本書店に集まり、本と一緒に記念撮影したり、自分の一推しの本を紹介するポップを書いたりしている。

そうして完成したポップが、店内のあちこちに並んでいて、見た目にもにぎやかで、お祭り感があった。


幸本書店がなくなると知ったときは落ち込んだし、今も淋(さび)しくてしかたがないけれど……。


町にひとつきりしかない本屋さんは、広空にとっても特別だった。

父親に手を引かれて初めて幸本書店を訪れたのは、今から九年前のちょうど同じ時期で、東北全土を襲った大きな震災の直後だった。

広空は六歳で、保育園に通っていた。

友達と積み木で遊んでいたら、いきなり下から突き上げるような振動があり、積み木がばらばらと崩れ、そのあと建物全体が激しく左右に揺すぶられた。

広空も他の子供たちも泣き出し、先生が切羽詰まった声で、机の下に避難するよう指示していた。

けど、その若い先生も、これまで経験したことのない大きな揺れに混乱し、恐怖している様子だった。

揺れは長く続き、広空はテーブルの下で頭を抱えて泣いていた。

いろんなものが落ちる音がして、割れる音、壊れる音、叩きつけられる音が、ひっきりなしに聞こえてきて、怖くてたまらなかった。

揺れはおさまったかと思うと、何度も何度もやってきて、そのたび広空は泣いた。

お母さんが迎えに来てくれたときも、抱きついて、

――おかあさん、ちきゅうはこわれちゃったの？　こわいよ、こわいよー。

と訴えながら、わんわん泣いた。

広空を抱きしめてくれたお母さんも、やっぱり幼稚園の先生と同じように青ざめていて、広空を抱く腕が震えていた。

その日、家に明かりはなく、真っ暗な部屋に懐中電灯をつけ、寒さに凍えそうになりながら過ごした。

小さな揺れや、強めの揺れが、朝まで断続的に起こり、広空は毛布にくるまってお母さんにしがみついていた。

電気は翌日回復したが、テレビの画面に映し出された、真っ黒な津波や濁流、崩れてゆく建物や瓦礫の山は、広空にあらたな衝撃と恐怖を与えた。

この町も、あの黒い波に飲み込まれてしまうんじゃないか。

このおうちも崩れて、その中で広空も、広空のお父さんとお母さんも、潰されてしまうんじゃないか。

広空が毎週楽しみにしているアニメや、特撮ヒーローを放映している時間帯も、波が町を飲み込む映像が延々と流れ、広空がリモコンでチャンネルを変えようとして、どの番号を押しても、押しても、押しても、崩れてゆく家や、地球の唸り声のような地鳴りや、真っ黒な波が映し出される。

ずっと座布団を頭からかぶって、泣いてばかりいた。

そんな広空を心配して、父親が外へ連れ出してくれたのだ。

——ヒロ、父さんと一緒に本屋さんへ行こう。幸本書店がやっているみたいだから、そこでなにか楽しい本を買おう。

震災からまだ三日しかたっていない。

広空たちが住む地域は、被害は少なくライフラインも回復していたものの、スーパーもコンビニも棚が空っぽで、みんな不安そうな暗い顔をして、また地震が起こるかもしれないから、遠くへ避難したほうがいいと話していた。

耳にふかふかのイヤーマフをつけていても、そんな声がいくつも耳に入ってきて、広空はお父さんの手をぎゅっと握って、うつむいていた。

またじしんが来るのかな。

ぼくらは、落ちてくるがれきにうもれて、死んじゃうのかな。

それとも、あのまっくろな波にのみこまれちゃうのかな。

どこへ逃げても揺れが襲ってくるような気がして、嵐の中をずっと小舟で揺られている気持ちだった。

お父さんが連れていってくれたのは、縦長の三階建ての本屋さんだった。

——すごい、本当に営業している。

広空の隣で、お父さんが感動に震える声でそう言ったのを、広空は中学三年生になった今でもはっきり覚えている。

お父さんが目を細め、涙ぐんでいたことも。

当時は子供でわからなかったけれど、震災からたったの三日で書店を開くということが、どんなに大変だったか、今ならば想像できる。店主の決断に、父親と同様に感動し、感謝せずにいられない。

おれはあのとき、幸本書店に助けてもらったんだ。

父親に手を引かれたまま店に入ると、大勢お客さんがいた。

驚いたことに、みんなとても楽しそうに本を選んでいた。

町を歩いている人たちは暗い顔をして、泣いたり不安がったりしていたのに、ここではどの人も明るい顔をして笑っている！

――いらっしゃいませ。

眼鏡をかけた優しそうな店員さんが、おだやかな明るい声で挨拶をしてくれた。目が合うとその人は、小さな広空に向かってにっこり笑ってくれた。

他のお客さんたちが、その眼鏡の店員さんに次々話しかける。

――店を開けてくれてありがとうよ、笑門（えもん）さん。こんなときだから、本が無性に読みたくてねぇ。

――テレビはどのチャンネルも震災のニュースばかりで、気が塞いでいたの。幸本書店さんが営業してくれて、本当にありがたいわ。

――なにか笑える本を紹介してくれよ、笑門さん。

――わたしは、うんとわくわくして、時間を忘れちゃうようなミステリーがいいわ！

笑門さんと呼ばれる店員さんは、どのお客さんにも、眼鏡の奥の目をにこにこと細めて対応していた。

店の中には、震災のときに破損した本が積み上げられ、全て格安で売られていて、みんな笑顔で手にとっている。

お父さんも笑門さんに、この子に楽しい本を選んでほしいと話しかけた。

――テレビをつけると怖がって、座布団をかぶってずっと震えているから可哀想で。幸本書店さんが営業していると聞いて、来てみたんです。

笑門さんは哀しそうに眉を下げ、瞳を揺らしたあと、

――そうでしたか、ありがとうございます。

と、すぐにまた笑った。そうして、膝をすっとかがめて広空と目線を合わせて、

――こんにちは、きみはいくつかな？

と歳を尋ねた。

広空が父親の手を握ったまま、おずおずと、

――六さい……です。

と答えると、また眉を下げて哀しそうな目をして、そのあと顔をくしゃりとさせて、唇をほころばせ、うんと愛おしそうな優しい眼差しになった。

――そうか。幼稚園の年長さんだね。うちの子と同じ歳だ。なら、おすすめがあるよ。
そう言って、二階の児童書のコーナーへ広空たちを案内してくれた。
そこにはたくさん子供たちがいて、わいわいとにぎやかに本を読んでいた。
広空と同じ保育園へ通う友達もいて、

――あっ、ひろくんも来たんだ！

と本を抱えて、嬉しそうに近づいてきた。

――この本、すっっっごいおもしろいぞ。店長さんのおすすめなんだ。

両手で広げて、表紙を広空のほうへ向ける。
目に黒い布のマスクをつけ、頭に黒い帽子をかぶった狐が、ロケットに乗っている。その上から緑色のおかしな生き物が顔を突き出している。
とても楽しそうだ。
広空は声に出してタイトルを読んでみた。

――かいけつゾロリの……なぞのうちゅうじん。

笑門さんがにっこりする。

――そう、よく読めたね。お友達が先に紹介してくれたけど、これがぼくのおすすめだよ。きみと同じ歳のぼくの息子も、このシリーズの大ファンなんだ。この表紙の狐はゾロリといって、悪党なんだけれどいいやつで、困っている人たちがいたら助けてあげるんだ。猪のイシシとノシシをおともにして、素敵なお嫁さんを探す旅をしているんだよ。ほら、この猪がイシシとノシシだ。

表紙の下のほうにコミカルな感じで描かれてる二頭の猪を、笑門さんが指でさして教えてくれる。

――ずっと続いているシリーズで、たくさん巻数が出ているからね。気に入ってくれたら長く楽しめるよ。

そうして、広空の友達と同じ本を持ってきてくれた。

——まずはこれから読んでみて。シリーズの十一話目だけれど、どこから読んでもわかるように書いてあるから、大丈夫。

保育園の友達が、

——おそろいだぁ！

と自分の本と広空の本を、ごつんと合わせてくる。広空も頬をほころばせて、

——うん、おそろいだ！

と声を上げた。

お父さんは、広空が震災が起こってから初めて笑顔を見せたので、ほっとしているようだった。

お父さんも一階に自分の本を探しにゆき、広空はそのあいだ買ってもらったばかりの『かいけつゾロリのなぞのうちゅうじん』を、児童コーナーに設置されたマットに座って、友達と一

緒に読んでいた。

表紙をめくると、見開きいっぱいに迷路が描かれていて、入り口に猪のイシシとノシシが、出口に傘をかぶりマントをつけた狐のゾロリが立っている。ゾロリは手をあげ、漫画みたいな吹き出しの中に、本文とは違う書体で、

『お～い　はやくこい　ここで　のじゅくするぞ～～～～』

と書いてある。

『イシシと　ノシシが、ゾロリのところへおいついたら、おはなしの　はじまりです』

このページだけで広空は、俄然わくわくしてしまった。

次のページをめくると、ゾロリたちは愉快そうに旅をしていた。

ひらがな以外の漢字にもカタカナにも、全部読み仮名がふられていて、六歳の広空でもすらすら読むことができた。

ゾロリたちが話す言葉は最初のページと同じように、ところどころ吹き出しになっていて、普通の小説の文章と交ざり合っている。すごく読みやすい！　楽しい！

旅の途中、ゾロリたち一行はミステリーサークルを発見するのだ。

それは大きな円を小さな四つの円が取り囲んでいる不思議な模様で、さつまいも畑に描かれていた。

『ゲゲッ、ノシシ、あれは　きっと　ミステリーサークルだぞ。』

『ミステリーサークル？　それ、なんです？　おいしいもんですかい？』

『おまえたちにはわからんだろう。よし、おれさまがせつめいしてやるぜ』

次のページに、

『ミステリーサークルとは　なんだ？』

という見出しとともに、詳しく説明されているという親切設計で、それもドキドキしながら読み進めてゆく。

ノシシとイシシが畑でいもを引き抜こうとしたらＵＦＯが現れ、ノシシが長々と伸びたいもを持ったままＵＦＯに吸い込まれていく様子が、縦読みの見開きで表現されていたり、ゾロリがあっというまにロケットを組み立てて、ノシシを助けに宇宙へ飛び出したり。

緑色のうちゅうじんたちが暮らす星に到着したゾロリたちが、うちゅうじんから地球を守るために公開知能テストに飛び入り参加して、なぞなぞを解いたり。うちゅうせいぶつと戦ったり、おひめさまにひとめぼれされたり。

話が、どんどん進んでゆく。

おもしろくて、おもしろくて。夢中でページをめくるうちに、広空は震災に怯(おび)えていたこともすっかり忘れていた。

途中で少し大きな揺れがあって、お父さんが心配して二階に様子を見に来たが、広空は揺れたことに気づかず、ゾロリを読んでいた。

◇

あのとき店長の笑門さんが、おれにこの本をすすめてくれたから、おれは毎日ゾロリを読んでいて、怖いことを考える暇なんて、ちっともないくらい、わくわくして楽しかったんだ。

最初に買ってもらった本を繰り返し読んだあと、今度はお母さんと一緒にゾロリの別の話を買いに行くと、笑門さんは広空のことをちゃんと覚えていてくれて、

――おもしろかったかい？

と訊いてきた。

――すっっっっごく、おもしろかったです！

広空が頬を真っ赤にして答えると、眼鏡の奥の目を嬉しそうに細めて、

――なら次は、この話なんてどうだろう？　ゾロリがラーメンを作るんだ。

と表紙に美味しそうにラーメンを食べるゾロリが描かれた『あついぜ！　かいけつゾロリラーメンたいけつ』をすすめてくれた。

それもとてもおもしろくて、ラーメンもめちゃくちゃ美味しそうで、口の中に唾がいっぱいわいてきて、震災のあと食欲がなかったのが、いっぺんで解決した。

――おかあさん、ぼく、ラーメンが食べたい！

まだ最後まで読み終わらないうちに、母親にそうせがんだ。

そんなふうに一冊を存分に読み味わうと、幸本書店へ連れていってくれるよう頼んで、笑門さんにゾロリシリーズの次の一冊を選んでもらい、広空の部屋の本棚にはいつのまにかゾロリシリーズが全巻そろっていた。

あれから九年たった今でも、ゾロリは新しい話を生み出し続けている。広空は新刊が出るたび幸本書店を訪れ、笑門さんと話すのを楽しみにしていた。

広空が中学に進学し、制服を着て店を訪れたときなど、

――そうか……広空くんはもう中学生なんだな……。

と感慨深げに微笑んでいた。

広空を見つめる瞳は、いつもどおり深く優しくて――笑門さんの事情を知っている広空は、少しだけ切なくなった。

広空にとって笑門さんは恩人だった。

笑門さんが震災からたった三日で店を開けてくれなかったら、父親が広空を幸本書店へ連れて行ってくれなかったら――もしかしたら今でもまだ、震災の恐怖に怯える日々を送っていたかもしれない。

ゾロリシリーズを全部読んでみて、気づいたことがある。

笑門さんは、建物の崩壊や水害が描かれた話を意図的に避けて、広空が純粋に楽しめる巻を選んでくれていたのだと。

そうした描写も、今では震災と切り離して楽しむことができるけれど、当時はきっと怖くて読み進められなかっただろう。

読む人の気持ちに寄り添って本を選んでくれる――笑門さんは本当に最高の本屋さんで、とても繊細で優しい人だった。

そして、強い人だった。

震災のあと、たった三日で店を開けたのも、こんなときだからこそ、本が癒やしや支えになる人が大勢いるはずだと思ったからだという。

本にはきっと、そういう大きな力があると信じて。その人たちのために、今、書店員である自分ができることをしようと。

それを実際にやり遂げたことも、立派だと思えるのに。

だいぶあとになって広空が知り驚いたのは、笑門さんの奥さんと子供が、震災で亡くなっていたことだった。

広空と同じ歳だったというお子さんは、病気がちの奥さんが出産をあきらめていたころにようやく授かった待望の男の子で、笑門さんは宝物のように可愛がっていたという。

――笑門さんにそっくりの、可愛いぼうやでね。ぼくも、おおきくなったら、おとうさんみたいなほんやさんになるんだって、言ってたのよ。

広空に話してくれた常連さんは、涙ぐんでいた。

震災の日、海辺にあるお母さんの実家へ遊びに行っていた息子さんは、そこでお母さんやお母さんのご両親と一緒に波に飲まれたのだと。

笑門さんが広空の年齢を訊いたとき、ひどく哀しそうな目をしたのは、そのせいだったのだ。

あのとき笑門さんは広空に、亡くなった息子さんを重ねていたのだろう。

奥さんと息子さんを一度に失って、その直後に店を開けて、あんなふうに澄んだ顔で微笑んでいたのだ。

どうして、そんなことができたんだろう。

家で一人きりになったとき、笑門さんはなにを考えていたんだろう。

店に立っているとき、笑門さんはいつも笑顔でお客さんの相談に乗ったり、楽しそうに本の話をしているばかりで、哀しいことがあるなんて素振りは見せなかった。

本当に強くて優しくて、強い強い人だったのだ。


笑門さんがこんなに早くに亡くなるなんて、思わなかった。


こんなに突然。

しかも、幸本書店も閉店してしまうだなんて。

書店を買い取ってオーナーになってくれる人はいないか、町の人たちが働きかけているというが、状況は厳しいらしい。

幸本書店が閉店すれば、この町から本屋さんはなくなってしまう。

淋しいけれど、中学生の広空にはどうにもならない。

それに、笑門さんがいないまま幸本書店が続いてゆくのも、なんだか違う気がした。

おれにとって幸本書店は、笑門さんだったから。

笑門さんが亡くなれば、幸本書店も終了する。

きっとそれが正しい。

——ヒロは冷たいよ！　なんで、そんなふうに割り切れんだよ！　おれは幸本書店がなくなるなんて絶対ヤダ！

幸本書店を継続させようという署名を断った広空に、友達は腹を立てて、言い合いになってしまった。

——簡単じゃないさ！　おれだって、幸本書店がなくなるのはすげーショックだった。でも、笑門さんがいない幸本書店は、おれにとっては幸本書店じゃないんだ。

——だから、なくなってもいいっていうのか！

——いいとは言ってないだろ。ただ、違うって思うだけだ。

——わかんねーよ。ヒロのアホ。


もう三日も口をきいていない。

颯太のバカ。おれだって幸本書店が閉店するの、めちゃめちゃ哀しいんだぞ。

今日は広空は一人で、笑門さんにお別れを言いに来たのだ。

店の中はにぎやかで、震災のあとと同じように、たくさんのお客さんが楽しそうに本を選んでいる。

おじいさんもいる。

主婦や、若い女性に、学生も子供たちもいる。

みんな笑顔だ。

笑門さんは自分が哀しくて辛いときにも、みんなに楽しんでもらうために自分も笑顔で本を売っていた。

だから、おれも笑って、笑門さんや幸本書店とサヨナラするんだ。

きっと笑門さんも、それを願っているはずだから。

「いらっしゃいませ！」

大きな眼鏡をかけた高校生くらいの店員が、明るい声を張り上げる。

見たことのない人だけれど、眼鏡の向こうの瞳がきらきらしていて、表情もにこにこと晴れやかだ。

「ただいま閉店フェアを行っております。お客さまは、今日は当店との思い出のご本をお持ちですか？」

「はい！　笑門さんに選んでもらった、いっとう大好きな本を持ってきました！」

広空も元気に答える。

鞄から『かいけつゾロリのなぞのうちゅうじん』を出し、高くかかげると、眼鏡の店員は笑門さんのようにやわらかく目を細めて、表紙をゆっくりじっくり見つめていた。

まるで、本に挨拶をするように。

親しみと敬意のこもる、あたたかな眼差しを本に向けて。

口元をゆっくりほころばせて。

満足げに、つぶやいた。


「ああ……いいですねぇ。お客さまのご本は、とても幸せそうです」


隣にいた別の女性店員が、横目で彼をじろっと睨んだけれど、彼のほうはにこにこしている。

広空も意味がよくわからず一瞬ぽかんとしてしまったけれど、笑門さんに似た人にそんなふうに言ってもらえたのが嬉しくて、ちょっと照れてしまった。

「ありがとうございます。あの、おれも写真を撮ってもらえますか？　それとポップも書きたいです！」
「はい、では、お友達とご一緒にどうぞ」
「へ？」
眼鏡の店員が視線を向けたほうを振り返ると、広空と同じ制服を着た中学生の男子が、気まずそうに立っていた。

胸に『あついぜ！　かいけつゾロリ　ラーメンたいけつ』を抱えている。

友達の颯太だ！

広空が幸本書店を存続させる署名を断ったので、喧嘩中の――。

なんで、そこにいるんだよ。

おれが誘おうとしたときは、そっぽ向いてたくせに。

同じ本（ゾロリ）持ってるし。

てかおまえ、顔赤いぞ――って、おれもか。顔熱ぃ。

お互い、そわそわと相手の出方をうかがっていると、眼鏡の店員がはきはきした明るい声で言った。

「きっと二人とも、幸本書店にたいへん良い思い出があるんでしょうね。幸本書店を好きな気持ちは一緒なのですから『とっとと仲直りしろ！』と、きみたちの本も声を合わせて言ってますよ。それに笑門さんもね」

本がしゃべるわけないじゃないか！

けれど笑門さんの名前を出されたら、広空も颯太も、この場所で喧嘩を続けるわけにはいかなかった。

またちらちらとお互いの表情をうかがったあと、ええい、と覚悟を決めて、広空は颯太のほうへ歩いていった。

目をむく颯太が抱えているゾロリの本に、自分の本を、ごつんとぶつけて、小さく笑う。

そして震災のあと、幸本書店の児童書コーナーのマットに並んで座り、二人でわくわくとゾロリを読んだときのように、

「……おそろいだな」


と言った。

すると颯太もちょっと唇を尖らせて、

「ああ、おそろいだ」

ぶっきらぼうに答えて、九年前と同じように、ごつん、と本を合わせたのだった。

もしかしたらそのとき広空と颯太の本は、

『いてぇよ！』

と文句を言ったかもしれない。

第三話 『緋文字』の罪

「――あいつは、幸本笑門は、おれのために死んでくれたんじゃないのか？」

田母神は苦悩に顔をゆがませ、頭を抱えてうなだれ、血を吐くような声でそう言った。

「おれも死なせてくれ。もう限界だ」

田母神港一が幸本書店の三代目と知り合ったのは、二代目の兼定が病のため早世し、笑門が店長になったばかりのころだった。

田母神も作家として世に出る前で、町の役場で住民たちが持ち込んでくるくだらない（と田母神は感じていた）案件に耳を傾けるという、苛立ちしかたまらない仕事をしていた。

昔から成績がよく、中学も高校も廊下に張り出される番付で五番から落ちたことがなかった。なのに経済的な事情のため、自宅から通える地元の大学にしか進学できなかったことを、たいそう不服に感じていた。

本当ならおれは、東京の一流大学へ進んで有名企業に就職し、世界を相手にするような仕事をしていたはずなのに。

こんな小さな町役場で、年寄りたちのたわごとを聞かされて、へこへこ頭を下げているだなんて。

そんな鬱屈をぶつけるようにして、当時彼が没頭していたのは小説を書いて投稿することだった。

受賞すれば賞金が入る。

そうしたら東京へ行く。

本が売れれば、おれは金持ちの有名人だ。おれより頭が悪いのに、東京のいい大学に進学した連中を見返せる。

けれど、町役場に勤めながら四ヶ月に一本のペースで原稿用に万年筆で書かれた原稿は、いつも三次止まりだった。

どうしたら、その先へ行けるのか？

三次までゆく実力はあるのだから、あとは運だけのはずだ。

その運を、どう引き寄せればいい？

新人賞の結果が発表されるたび悶々としていた。

そんな時期、よく本の取り置きを頼んでいた幸本書店の店主と、話をするようになった。

眼鏡をかけた優しげな顔立ちをした彼は、田母神よりひとつ年下で、おだやかな性格だった。人を不快にさせない話しかたを心得ていて、常に田母神を立ててくれたので、田母神の自尊心はこの年下の青年と話していると、非常に満たされた。

それが笑門で、早くに母親を亡くし、物心ついたころから書店で本を読んで過ごしていたという彼は、読書量には自信があった田母神も舌を巻くほど、あらゆるジャンルの本に精通していた。

それでいて、身に備わった芳醇な知識を、他者を馬鹿にしたり自分を高く見せるための道具にすることもなく、控え目にゆったりと語る。

今のようにインターネットも発達していなかった時代に、東北の小さな町で、存分に本の話ができる相手は貴重だった。

田母神は本を買う予定がない日も幸本書店を訪れ、笑門と文学や創作について話すのを楽しみにするようになった。

二階の児童書コーナーの奥に事務室があり、よくそこで二人で一晩中語り明かした。ときどき笑門の妻の弥生子(やえこ)が顔を出し、

——居酒屋さんで酔いつぶれてしまうよりも、田母神さんと文学談義に夢中になってくれているほうが安心だわ。でも、ほどほどにね。

と、食事を差し入れてくれた。

コンクリートの壁に囲まれた小さな部屋には本棚があり、雑多な本が並んでいた。すべて笑門の私物で、お気に入りなのだと言っていた。また、壁際の青い箱の中には破損したり古くなったりしたけれど、残しておきたい大事な本が収められ、その上に不思議な絵がかかっていた。

青い海と灰色の砂浜と、そこにうち捨てられた大きな鳥の骨。骨は神々しいほどに白く、海と砂から浮き上がっている。

淋しさと、凛とした強さを併せ持つ、人を惹きつける絵だった。

——ぼくの父が描いたんです。

二代目の兼定は多才な人で、気さくでハンサムで人気者だったが、本当は書店員よりも、役者や絵描きになりたかったらしい。

——だからぼくが早く跡を継いで、父に存分に好きなことをしてもらおうと、ずっと思っていたんですよ。ぼくが本屋さんになって、お父さんは画家になればいいって。そうしたら、お父さんの画集を店で売るんだって、子供のころに父と指切りしたりして……。

おだやかに微笑んで語る笑門の声が、どこかほろ苦かったのは、約束を果たせないまま兼定が早すぎる死を迎えてしまったからだろう。

絵のタイトルは『滅び』というのだと聞いて、ぞくっとした。

笑門の父親は、願う自分になることなく、無念のまま死んだのだろうか？　今の自分と重ね合わせて息が苦しくなった。

投稿していることは、周囲には内緒にしていた。

唯一笑門にだけは、胸の内にたぎる野望を打ち明けていて、笑門は、それに対しておっとりと微笑み、

――港一さんの小説は、エスプリがきいていて面白いから、必ず受賞すると思います。そしたら幸本書店でサイン会を開いてください。

と、田母神を満足させる答えをくれた。

――ああ、いいとも。書店の外まで行列を作ってやるさ。

田母神もそう豪語して。

――楽しみだなぁ。

笑門はその日が待ち遠しくてしかたないというように、目を細めていた。

だが田母神の小説は、その後も三次を超えることはなく、苛立つ日々が続いた。

特に、受賞者が自分よりも若いときの悔しさは格別で、雑誌に発表された受賞者の筆名を睨

みつける目が、焼けつくようだった。

喉が渇き、手が震え、どうしておれではないんだ？　どうしてこいつなんだ！　おれより三歳も若いじゃないか！　ふざけるな！　とあらゆるものを呪わずにいられないほどだった。

おれが受賞できない世界なら、いっそ滅びてしまえ、とも思った。

『滅び』というタイトルがつけられた絵を睨み、すべての生き物が死に絶え、骨と化した世界を想像してみても、怒りはつのるばかりだった。

そんなときも笑門は澄んだ目で、

——港一さんはデビューするのにじゅうぶんな実力はあるから、あとは題材の選びかただと思いますよ。これまでの投稿作は、もしかしたら少しテーマが難しかったのかもしれませんね。

と田母神のプライドを傷つけない言葉を選びながら、いたわり励ますのだった。

そのときは田母神の心も、おだやかな川のせせらぎを聞いたように平静になるのだが、自宅に戻り、部屋で一人になって原稿用紙に向かうと、また苛立ちと焦りと嫉妬が込み上げてきて、書きかけの原稿用紙を引き裂いて、ぐちゃぐちゃに丸め、畳に叩きつけた。

おれの書く題材が大衆向けでないというなら、どんな題材なら大衆に受けるのか教えてくれ！

なにを書けばいいのか、わからなくなっていたとき、

――お茶でもどうですか？


笑門に声をかけられ、幸本書店の二階にある事務室に招かれた。

いつも閉店したあと笑門と話し込んでいる場所だが、この日笑門がまだ営業中なのに田母神を部屋に招いたのは、よほど田母神が追い詰められた顔をしていたからだろう。

笑門はお茶を淹れるのがうまかった。

ほのかに甘い中国茶を、あたためた湯飲みに急須でとぽとぽと注いでくれたものを飲むと、渇いていた喉がうるおい、腹もじわりとぬくもった。


――なにか本でも読んで、ゆっくりしていってください。


そう言って笑門が出て行ったあと。

雑多な本が並ぶ棚をぼんやり眺めながら、大衆に受ける題材とはなんだろう……と、また考えていたとき。

棚の端のほうに、手製らしい冊子を見つけた。

画用紙をボール紙で挟み、穴を開けて紐で綴(と)じた――まるで子供が図工の時間に作ったような薄い冊子だ。

抜き出してみると、表紙に水色のクレヨンで、

『さいごの本やさん』

と書いてあった。
興味を引かれて表紙をめくる。
書店と思われる建物が、クレヨンで描かれている。

『そのむらに　ほんやさんはひとつきりでした』

『むかしはみっつもあったのですが　ひとつひとつへってゆき　とうとうさいごのひとつになってしまったのでした』

書店の店主は老人で、ある日レジカウンターの中で、椅子に座ったまま、眠るように亡くなっているのが発見される。
老人には家族はなく、書店も閉店することになった。

『おそうしきのひ　むらのひとたちが　ほんやさんにあつまりました』

『みんな　てに　おもいでのほんをもっています』

『そうして　だいすきなほんのことを　あれやこれやかたりあい』

『めいめい　ぽっぷをかいたのです』

『ももいろや　ばらいろ　みずいろ　きいろ　むらさき　いろんないろのぽっぷが　ひらだいにならび　おはなばたけのようでした』

気がつくと、息をするのも忘れて見入っていた。

絵も文章も子供が描いたように拙(つたな)い。

でもこれは――。

心臓がドキドキと高鳴っていた。

胸が熱くて苦しい。

そう、これこそが――。

「田母神さんはトリゴーリンのふりをしたコースチャよ。彼は死のうとしているの」

古びた『かもめ』と真新しい『かもめ』——二冊の文庫を胸に抱えた女性は、必死の形相で主張した。

水海は、いきなりなにを言い出すのかと、唖然としていた。

トリゴーリンもコースチャも『かもめ』の登場人物だ。ヒロインのニーナが恋をする都会から来た、ニーナの父親ほど年齢の離れた作家がトリゴーリンで、ニーナは彼に捨てられる。

コースチャはトレープレフの愛称で、ニーナと同世代の青年だ。ニーナがトリゴーリンに心変わりする前は相思相愛だった。

コースチャも作家になるが、彼は作家という職業にも自分自身にも絶望していて、道を見いだすことができず、ニーナと再会したあと自殺する。

◇　◇　◇

幸本書店は閉店フェアの真っ最中で、たくさんのお客さんが店を訪れていて、店員の水海たちも大忙しだった。

なのに臨時でやってきた押しかけアルバイトの眼鏡少年は、勝手に持ち場を離れてどこかへ行ってしまい、どうせまた本に呼ばれたんですとか、わけのわからない言い訳をするつもりなんだわ、と水海が苦い顔で捜しにきたところ、一階の文庫コーナーで目鼻立ちのはっきりした美人と、深刻そうに話し込んでいた。

女性は二十代後半くらいだろうか？　服装はシンプルだが、メイクやネイルは華やかで人目を引く。


——あ、円谷さん、大変なんです！


眼鏡の向こうの目を丸くして、押しかけアルバイトの榎木むすぶと、二冊の『かもめ』を持った美人が交互に語ったところによると、作家の田母神港一が自殺しそうなので、目を離さないでほしいという。

田母神は地元出身の小説家で、店長の友人だ。昔、幸本書店でサイン会をしたこともあり、水海は店のパソコンにあった田母神の連絡先に、店長が亡くなったことをメールしていた。できれば閉店フェアにもご来店ください、と書き添えて。

が、田母神はもう何年も地元がらみの依頼は断っており、震災のときですら地元の復興に協力することをしなかったので、水海も期待していなかった。

おととし辞めた古いパートさんも、田母神は店長の誘いを断って、店長は落ち込んでいた、薄情だと文句を言っていたし……。

それが、今から一時間ほど前に、トレンチコートを羽織り、手にブランドのビジネスバッグを持った二枚目の中年男性が店に入ってきて、レジで名刺を出し挨拶をしたのだった。

──以前に、こちらでサイン会をさせていただき、お世話になりました。メールを拝見してうかがいました。このたびはご愁傷様です。

名刺を見なくても、彼が作家の田母神港一であることはわかった。店内にもサイン会のときの写真が飾ってある。

もう二十年近く前の写真で、そのときよりも老けているが、今でもハンサムで体型もほとんど変わっていない。本人だ！

地元では知らない人はいない、あのベストセラー作家が店を訪れたというので、他のバイトたちも動揺していた。

水海は田母神を事務室に通し、お茶を淹れるため部屋を出た。トレイに湯飲みをのせて戻ってくると、ブランドのロゴが入ったビジネスバッグがサイドテーブルに置いてあり、彼は立ったまま壁の絵を眺めていた。

青い海と灰色の砂、大きな鳥の骨──二代目の兼定が描いた『滅び』というタイトルがつけられた絵だ。

眉根を寄せ、ずいぶん哀しげな、苦しげな表情をしていて、水海は声をかけるのをためらった。

すると田母神のほうが水海に気づいて、笑みを作ろうとして失敗したように口元をぎこちな

くゆがめ、

――この絵は、まだあったんですね。

と、つぶやいた。

――はい。店長のお父さんの形見ですから。

――そうでしたね。兼定さんが亡くなる前に描いたんでしたね。

田母神は水海が淹れたお茶を飲み終えると、あまり長居したくなさそうにソファーから立ち上がり、ブランドのビジネスバッグを手に取った。

――私もこちらは久々なので、ゆっくり店内を見てまわって、故人を偲(しの)びたいと思います。

と言った。

どうぞこれ以上は、おかまいなくと。

有名人が来たと騒いでほしくなさそうな雰囲気だったので、水海も、

——わかりました。なにかありましたら声をかけてください。

と言って、事務室の外で田母神を見送ったのだ。

一階に戻り、他のバイトたちに、サインをねだったりしないよう注意しておいた。が、一番心配なむすぶが、このとき水海の目に入る範囲にいなかったので、あとで釘を刺しておかなければと思っていたのだ。

それが、持ち場を離れて美人と話し込んでいるのを見つけたら、田母神が自殺するために店を訪れたなどと、とんでもないことを言い出す。

都会的な空気をまとった美人は、田母神の元同棲相手だという。

だからといって、本当かどうかはわからない。もしかしたら田母神の熱烈なファンで、ストーカーという可能性もある。そんなあやしい女性の言葉を信じるだなんて、むすぶはどうかしている。

いや、最初から、本の声が聞こえるなどと言って、青色の表紙の薄い本を『ぼくの恋人です』と紹介するなど、思いっきりどうかしていて、ヘンだったけれど。

つまり不審な客と、おかしなバイトのたわごとなど、この忙しいさなかに、まともに聞いていられないと結論を出した水海だったが、

「アスカさんの言っていることは本当です。このあたりの本も、田母神さんは様子が変だった、

危ないって、ざわざわしています」

と、むすぶがまた妙なことを言いはじめる。

もちろんそんなざわめきは、水海にはこれっぽっちも聞こえない。

けれど眼鏡の向こうから、水海をじっと見つめてくる大きな目は、真剣そのもので——。

それに、むすぶが幸本書店へやってきてから、ここ数日のあいだに水海が見てきたむすぶの言動の数々が思い出されて——もしかしたら彼は本当に聞こえてるんじゃ……と幾度か思ったことも、否定できなくて……。

むすぶの隣に張りつめた表情で立っている、田母神の同棲相手だったという菅野（かんの）アスカという女性も、

「これを見てっ」

と、水海のほうへポップを突き出した。

田母神のサインが入っている。

彼が書いたものらしい。表紙を撮影した写真が添えられている。

『緋文字（ひもんじ）』……？

十七世紀ボストンの清教徒社会で起こった姦通事件を題材にした、アメリカ文学だ。

これを田母神さんが？

事務室でのやりとりを思い返す。

――閉店フェアで、お客さんにポップを書いてもらうのは『かのやま書店のお葬式』の真似をしたんです。田母神さんもぜひ、ポップを書いていってください。もちろん田母神さんご自身のご本も大歓迎です。店長も田母神さんのご本が大好きでしたから。特に『かのやま書店のお葬式』は別格だって言ってました。

田母神はまた一瞬だけ暗い目をしたあと、

――そうかい……。じゃあ、なにか書いていこう。

と微笑んだ。

てっきり、代表作の『かのやま書店のお葬式』のポップを書いてくれるものと思っていた。なのに『緋文字』？

確か『緋文字』は、夫の失踪中に、不倫相手との子供を出産した女性が、処刑のさらし台に立たされて、姦婦を意味する赤いAの字を服につけて暮らすよう、処断される話では……。

彼女は、決して不倫相手が誰かを口にしなかった。

一方で、子供の父親である牧師のディムズデールは、罪の呵責で日に日に弱ってゆき、ついに彼女が立たされたさらし台で、自らの罪を告白して死に至るのだ。

何故田母神は、よりによってこの本を選んだのか？

ポップに田母神のコメントが、書き殴ったような文字で綴られている。


『ディムズデールが死んだのは、秘め続けた罪の重圧に耐えきれなかったためだ。罪悪感が彼を死に至らしめ、同時に救った』

『死は、救いなのだ』


水海も、少しだけ背筋がざわっとした。

他のお客さんたちは、自分が持ってきた本の好きな部分や、人生に影響を与えてくれた部分を、幸本書店の思い出などと一緒に書いていて、ポジティブな内容がほとんどなのに、これは……。

水海に向かって、激しい眼差しでポップを突きつけているアスカが、必死な声で言う。

「田母神さんは亡くなった笑門さんに罪悪感を持っていたの。理由はわからないけれど、一緒に暮らしていたころ、笑門さんから連絡があると、いつも苦しそうだった。それに寝言で笑門さんに、許してくれ……助けてくれ……って言っているのも、聞いたわ。そのときの田母神さんは、汗をびっしょりかいて、顔をゆがめて――自分の喉を自分の手でしめつけて唸っていて――本当にこのまま息を止めてしまうんじゃないかって怖くて、夢中で揺り起こしたわ。田母神さんは、あたしがどんなに尋ねても、笑門さんとのあいだになにがあったのか話してくれなかった。でも、もう二十年も――もしかしたらそれよりも前から、田母神さんは死にたがっていた」

アスカの怒濤のような言葉も、水海の鼓動を速め、何度も心臓をドキリとさせた。

田母神さんが死にたがっていた？

店長に罪悪感を持っていた？

自分の首を自分でしめようとしていた？

ポップに殴り書きされた文字が、危険な意味を帯びて、目の裏に赤く浮き上がってくる。

罪悪感が彼を死に至らしめ、

同時に救った。

死は、救いなのだ。

「あの人は――救われたがってたの！　笑門さんが亡くなって、許しを請う相手がいなくなってしまって、それで自分も死ぬしかないと思いつめて、死に場所に幸本書店を選んだのかもしれない」
アスカの言葉が水海の耳に叩きつけられ、頭がぐらぐらした、
そんなことあるはずない。アスカは心配しすぎだ。
けど、田母神がサイン会のあと、今日まで一度も幸本書店へ立ち寄ることがなかったことや、店長と疎遠になっていったことは事実で――。
水海が、田母神さんにまたサイン会を開いてもらったらどうかと提案したとき、店長は少し哀しそうに見えた。

――港一さんは忙しいから。どうかな。

そう答えたとき、瞳に翳(かげ)りがあって。
もしかしたら田母神さんとなにかあったのだろうかと、水海も思ったのだ。

――田母神さんはもう東京の人だから、地元の人たちとは縁を切りたがっているのよ。笑門さんとあんなに仲が良かったのに。笑門さんの奥さんとお子さんが亡くなったときも、弔電を一本寄越したきりだし。

と、年配のパートの女性からも、さんざん田母神さんは薄情だと愚痴られ、以来、田母神港

一の話題は店では避けていた。

そんなことを今思い出して、呼吸が苦しくなった。

「……田母神さんが死のうとしているかどうかは、わからないけれど、とにかく田母神さんを捜して、話を聞いてみましょう。それでいいですか」

固い声で言うと、アスカがうなずいた。

「ええ、お願い。あたしも彼を捜すわ」

「なら急がないと。本の声を聞いていると、とても危険な気がする」

むすぶの言葉にアスカが青ざめ、水海はむすぶを睨んだ。

「榎木くん、余計なこと言わないの。それと田母神さんを見つけても、いきなり『自殺しに来たんですか』なんて言っちゃダメよ、『お話があるので』と言って、事務室に案内するのよ」

「はい、了解です！」

と言って、むすぶはたちまち駆け出していった。

「ちょ——走らないで！」

声をかけたときにはもう、小さな背中もやわらかに跳ねる黒髪も、だいぶ先で。

まったくもう！

水海もしかめっ面で、田母神を捜しはじめた。

むすぶは二階に駆け上がったようなので、三階をアスカに任せ、水海は一階を見て回る。

「田母神さんを見なかった？」

と他のバイトに尋ねたが、

「さっき、ポップを書いてくれてましたけど。ホーソーンの『緋文字』って、選択渋すぎですよね」

「美人のお客さんと話してるのを見ました。相手の女性、ちょっと泣いていたみたいです。あれきっと修羅場ですよ。昔の恋人と再会したとかで。さすが二枚目ベストセラー作家ですね」

と水海が知っている情報しか得られなかった。

フロアを一回りし、一階にはいないのかもしれない……と考えていると、ポケットで携帯が振動した。

むすぶからだった。

「円谷さん、田母神さんを見つけました。二階のトイレです。急いで来てください」

いつもより早口で焦っている感じの口調に、水海も不安に駆られて、大股歩きで二階のトイレに向かった。

トイレは事務室の横にあり、中は男性用と女性用に分かれている。

入り口に『清掃中』と三角形の表示が立ててある。置いたのは、むすぶだろうか。

男性のマークがついた個室のドアが開いていて、便器にもたれかかるようにして人が倒れているのを見て、水海はギョッとした。赤い血が手首から垂れていて、それが床に血の池を作っている。

田母神だった！

彼の前にしゃがみ込んでいるのはむすぶではなく、何故か獣医の道二郎で、田母神の反対の手をとって脈を確かめている。

そこへ救急箱を持ったむすぶが飛び込んできた。

「道二郎さん、お願いします！」

と、救急箱を開けて渡す。

「私は医者といっても獣医なんだがな……」

道二郎がぼやきながら田母神の手当てをするのを、水海はズキズキと痛み出した自分の左の手首を、右手でぎゅっと握り——ガタガタ震えながら見ていた。

◇　◇　◇

出血は多かったものの傷口は浅く、田母神は命に別状はないとのことだった。

意識を失ったのは寝不足と疲労からだろうと、応急処置を終えた道二郎は話していた。


——トイレに入ろうとしたら先客がいて、外で待っていたんですよ。なかなか出てこないなぁと思っていたら、榎木くんが血相を変えて走ってきて、バールで鍵を壊しはじめて、いやぁ、驚きました。

むすぶは、これまでと同じように、

――本が教えてくれたんです。間に合って良かった。

と笑っていた。

むすぶと道二郎、それにむすぶに呼ばれたアスカの三人で、田母神をトイレの脇の事務室に運び入れ、ソファーに寝かせた。

水海は震えているだけで、なにもできなかった。

周囲の人たちから、しっかり者だと思われていて、自分でもそんなふうになれたと思っていたのに。田母神が手首から血を流してぐったりしているのを見たとたん、左の手首が鋭く脈打つように痛んで、寒気と震えが止まらなくなった。

情けない。

でもまだ、思い出すとゾッとする。

もし田母神が死んでいたらと考えると、どうしようもなく震えが這い上がってくる。

「円谷さん、鍵はぼくが閉めますから、円谷さんは帰って休んでください。明日もまた忙しいですから。リーダーの円谷さんが倒れでもしたら困ります」

むすぶがそんなふうに言ったのは、水海を気遣ってのことだろう。

ポケットに入れている〝彼女〟になにか言われたらしく、

「え、浮気じゃないよ。ただ仕事仲間を心配しているだけで」

と言い訳している。

「……わたしなら大丈夫よ。こんなことがあったあとで、書店員のわたしが帰るわけにいかないわ」

今、事務室にいるのは、水海とむすぶ、アスカと田母神の四人だ。

店は閉店時間を迎えてシャッターをおろし、他のバイトは帰宅した。田母神のことは彼らには話していない。

残ると言ったのは、リーダーとしての責任と水海自身の意地の他に、田母神と店長のあいだになにがあったのかを知りたいという気持ちも強かった。

何故、田母神はここまで追いつめられたのか？

二十年前に、なにがあったのか？

罪悪感が彼を死に至らしめたという、田母神のあの言葉。

彼は一体、店長に対してどんな罪を犯したというのか？

ひりひりする左の手首を無意識に右手で握り、壁の時計がカチカチと時を刻むのを聞いていると、臆病で怖がりだったころの自分を思い出してしまう。

自分を取り巻くすべてが、怖くて怖くて——夜が来るのが恐ろしくてしかたがなかった。手足はガリガリに痩せていて、顔も吹き出物だらけで、人と目を合わせられず、ずっとうつむいていて——そんな水海に、店長が甘いほうじ茶を淹れてくれたのが、この場所だった。

あのときと同じように、壁には海辺にうち捨てられた鳥の骨の絵が飾られ、その下に青い収納ボックスがあり、本棚にはサイズもジャンルもばらばらの、雑多な本が並んでいる。古典、現代文学、ミステリ、詩集、画集、登山に釣り、サッカー、法律、経済、料理のレシピ本……。

それは全部店長の私物だった。

棚の前で、目を細め、おだやかに微笑んでいた店長は、もういない。

あの日、水海を助けてくれた店長には二度と会えないし、やわらかな声を聞くことも、甘いお茶を淹れてもらうことも、できないのだ。

店長がいない。

灰色の部屋に満ちる空気も、あのときとは違って、重く淋しく、死の香りがする。

どうしたらこの震えを止められるだろう。

部屋にたれこめる不安と寂寞（せきばく）を、払えるのだろう。

湯気の向こうで微笑む店長の顔まで、どんどん哀しそうに、淋しそうになってゆく。店長は、淋しいとも辛いとも言ったことはない。

店長の本当の気持ちを、水海は知らない。

なにも——知らなかった。

「……榎木くん、あなたは本の声が聞こえるんでしょう？　だったら教えて。店長はこの部屋で一人でどんなふうに過ごしていたの？　店長は奥さんとお子さんを亡くされたあともずっと一人でいて、淋しくなかったの？」

本と話などできるはずがないと、ずっと否定してきた。

店長の遺言で、店にあるすべての本を任されたむすぶに嫉妬していた。

けれど、多分今わたしは、心が弱っているんだ。

一度にいろんなことがありすぎて、水海の処理能力では追いつかない。どうしていいのかわからない。

だからむすぶに、バカなことを訊いている。

「……淋しかったと思いますよ」

優しい声でむすぶは言った。

「ご両親を早くに亡くされて、奥さんとお子さんも突然の災害で一度に失って、淋しくないわけがありません。でも、笑門さんは一人ではなかったから。たくさんの本や、バイトのみなさんや、笑門さんに会いに来てくれるお客さんや……。そういうものをひっくるめた幸本書店全部が、きっと笑門さんの家族だったんです」

年下で童顔で、体つきもひよひよと頼りなさそうで、まだ高校生なのに。なんで、こんなふうに胸に染み入るような優しい声で語れるんだろう。

むすぶの言葉を聞いていたら、泣けてきて……。

今泣いたら恥ずかしいから、一生懸命我慢していた。

ソファーの横で田母神に付き添っているアスカも、むすぶが話すのを少しだけ目をうるませて聞いている。

そのアスカが、

「あ」

と、つぶやいた。

田母神が目を覚ましたのだ。

水海とむすぶも、ソファーのほうへ身を乗り出す。

田母神はうっすらと目を開け、自分の顔をのぞきこんでいるアスカを、しばらくぼんやりと眺めていた。

が、やがて苦しそうに顔をゆがめ、絶望している声で言った。

「……おれは、死ねなかったんだな。笑門は……おれのせいで死んだのに……」

水海はびくっとした。

アスカが田母神を問い詰める。

「笑門さんがあなたのせいで死んだって、どういうことなの？」

「おれが……罪を犯したから……。魔が差したんだ……まさか、こんなに苦しむことになるなんて……」

田母神は辛そうにつぶやくだけで、一向に要領を得ない。

この期に及んでまだ、自分の罪を明らかにすることをためらっているようだった。

そのとき。

「田母神さん、あなたは『緋文字』のディムズデール牧師が死んだのは、秘め続けた罪の重圧に耐えきれなかったためだと書きましたね。罪悪感が彼を死に至らしめ、同時に救ったのだと」

田母神がむすぶのほうへ顔を向け、目を見張る。

「そうかもしれません。でもあなたの救いは、死ぬことじゃありません。今、あなたが罪だと感じていることを、告白することです」

「……笑門？」

ひどく驚いている様子で、唇を小さく動かし、つぶやいた。

眼鏡のせいだろうか。むすぶのことが亡くなった店長に見えたようで、さらに身を起こし、目をこらす。

が、すぐにその顔に、失望と自嘲の混じった表情が浮かんだ。

「ああ、そうだった……笑門は死んだんだったな……」

片手で顔をおおい、首を横に振る彼に、むすぶがそれでも呼びかける。

「話してください、田母神さん。この部屋であなたがなにを見つけ、それをどうしたのか」

「！」

田母神の顔に、再び驚きが広がった。

アスカと水海も息をのみ、むすぶを見る。

榎木くんは、田母神さんがしたことを知ってるの？

「笑門が……言ったのか？　いや、言わない。笑門は言うはずが……」

声を震わす田母神に、むすぶが芯の通った口調で続ける。

「違います、笑門さんは誰にも語りませんでした。けど、あなたがしたことを、この部屋の本は見ていた。ここにあるすべての本たちが、あなたの罪の証人です」

「はは……本が証人だって？　おれは本に復讐されるのか」

田母神が低い声で笑う。

むすぶの言葉を、そのまま受け取ったわけではないだろうけれど、もう店長以外の人間にも自分が犯した罪を知られてしまっていることを理解し、隠し通せないと思ったのだろう。

「……そうだ、おれはこの部屋で、笑門も本も……裏切ったんだ」

と苦悩のにじむ声で話しはじめた。

「そのころおれは、この町で公務員をしながら小説を投稿していた。どれだけ研鑽を重ねても三次を超えることができなくて――笑門は、題材を変えてみたらいいのではとアドバイスしてくれたが、大衆が求める題材がどんなものなのか考えあぐねていた」

そんなとき、この事務室の本棚で、手製の絵本を見つけたのだと、田母神はかすかな笑みを浮かべて言った。

「絵本の表紙には『さいごの本やさん』というタイトルが書かれていた」

水海の心臓が大きく跳ねる。

『さいごの本やさん』⁉　それはもしかしたら。

アスカも予感したのだろう。頬を引きつらせたあと、眉を下げ哀しそうな顔になった。

「村にひとつしかない書店の主人が亡くなり、村の住人たちが思い出の本を持って書店に集まって、葬式をあげるという内容だった」

それは田母神のデビュー作『かのやま書店のお葬式』と、筋だけ見たらほぼ変わらない。

「絵も文章も平凡だった。でも、これだ！　と思った。この筋と設定でおれが書けば、必ず大衆を魅了する作品になると」

絵本のことを笑門に尋ねると、笑門ははにかみながら、自分が書いたものだと答えたという。

——思いつきで書いてみただけで、誰かに見せるつもりはないんです。どうやらぼくには、父のような画才も、祖父のような文才もないようですから。

顔を赤らめて、本気で恥ずかしがっていた。

自分の生み出したものの価値に気づきもせず……。

「あのときおれは、笑門に設定を使わせてくれと頼むべきだった。けど、そうはしなかった。おれは無断で、笑門が考えた筋と設定を使って作品を書き上げ、投稿したんだ」

それが田母神の罪と苦しみの、はじまりだった。

他人から盗んだ筋で書いた『かのやま書店のお葬式』は、大賞に選ばれ出版され、ベストセラーになった。

受賞の知らせをもらったとき、田母神は初めて自分が犯した罪の醜(みにく)さと重大さにおののき、慌てた。

出版されれば、笑門はそれを読むだろう。

そうすれば田母神が、笑門の書いた物語を剽窃したことを知られてしまう。

笑門は、田母神を軽蔑するだろう。

あのやわらかな笑顔がこわばり、おだやかな瞳に失望とさげすみが浮かぶことを想像しただけで、頭をかきむしり床に膝をついてしまった。


とても耐えられない！


それに笑門が、田母神が他人から盗んだ作品で受賞したことを、皆に話したら？　それこそ破滅だ！

周りを見返すどころか、逆に指をさされ、あざ笑われるだろう。

受賞の知らせをもらっても喜びはなく、ただただ不安だけがふくらんでいった。

笑門に打ち明けるか？

いや、言えない。

受賞したことを黙っているか？

ペンネームにすれば、おれが書いたとわからないのでは？

いや、タイトルとあらすじを見れば、自分が書いたものとかぶっていることを疑問に思うだろう。

笑門は書店員で、有名な出版社の新人賞作品はチェックしている。なによりも、おれがその賞に投稿していることを笑門は知っている。

どう逃げても、笑門にバレるのは必至だ。

やはり受賞が発表される前に打ち明けて、謝罪するしかない。

「けど――できなかった」

手を胸の前で硬く組み合わせ、田母神は深くうなだれた。

彼の声はもうずっと、掠れ、震えている。

「笑門に話そうとすると、体がこわばって、喉がしめつけられているみたいに痛くなって、声が出なくて」

そんなふうに苦しみ悶えているあいだに、選考結果を掲載した雑誌が、とうとう発売されてしまった。

大賞は、田母神港一。

作品タイトルは『かのやま書店のお葬式』――。

選評で設定とストーリーの良さを褒められて、田母神はますます胃が縮む思いがした。

とうとう笑門に、田母神の醜さがばれてしまうときがきた。

笑門の糾弾に、田母神は怯(おび)えた。

「けど、笑門はおれが設定を盗んだことに関して、なにも言わなかったんだ。おめでとうございます、ぼくは港一さんはいつか作家になると信じていました。受賞したことは事前にわかっていたのでしょう? 黙っているなんて水くさいじゃありませんか、驚きましたと……いつもどおりおだやかに笑っていた」

笑門のそうした態度は、田母神を安心させるどころか、ますます苦しみを与えた。

笑門は気づいているはずだ。

なのに何故、言わない?

何故、おれを責めない?

おまえは泥棒だとののしらない。

それとも、笑顔の裏で、やはりおれを軽蔑しているのか?

周りに、おれの受賞作が汚れた盗品だと話しているのか?

「おれは笑門の顔を見るのがたまらなくなって、笑門のいない場所に逃げたんだ」

大賞の賞金で東京に引っ越し、そこで生活をはじめた。

『かのやま書店のお葬式』は予定通り出版され、たちまち重版し映画化も決まった。

順風満帆。

でも、それは見せかけで、心の中では絶えず、いつか泥棒と指をさされ、おまえの本は汚らしい盗作だと叫ばれるのではないかと怯え、笑門のやわらかな笑顔が目の裏から消えることもなかった。

——おめでとうございます、田母神さん。

そう言ったときの笑門の微笑みが、繰り返し繰り返し繰り返し浮かび、耳の奥からは笑門が、あなたはぼくの話を盗んだんですね、と言う声が聞こえ、気が変になりそうだった。

『かのやま書店のお葬式』が売れるほど、田母神の罪の証が世に広まってゆくようで、絶えず胸の肉を鋭いくちばしでついばまれている気分だった。

「笑門とはなるべく連絡をとらないようにしていた。けど幸本書店でおれのサイン会を開くので来てほしいと電話がかかってきたとき、約束したのを覚えていますか？　と言われて断れなかった」

——ありがとうございます。きっとみんな喜びます。

笑門は嬉しそうに礼を言っていた。

何故笑門は、おれが作品を盗んだことを言わないのだろう。いや、おれが東京に逃げてしまったので言えなかったのかもしれない。

ならば、おれを呼んでサイン会を開くのは、今度こそおれを糾弾するためか？

一番華やかな場で、おれをさらしものにしようというのだろうか？

「笑門に会うのが怖くてしかたがなかった。表面は都会で成功した作家として振る舞っていたけれど、その裏では、今度こそおれの罪はあかされてしまうだろうと生きた心地がしなかった」

書店の二階に設置されたサイン会の会場にも、一階の一般書籍のコーナーにも田母神の本が山のように積み上げられた。

特に『かのやま書店のお葬式』は、宣伝素材にも使用され、店内のどちらを見ても『かのやま書店のお葬式』の表紙が目に入ってくる。

スーツの下は冷たい汗でびっしょりで、ペンを握る手は冷たく、首筋はずっとこわばっていた。

笑門は、いつあのことを言い出すのか。

にこにことおだやかに微笑んでいる、その顔が、いつおれへの軽蔑にまみれるのか。

ここに座っているのは、恥ずべきペテン師だと皆に告げるのか。

「だが笑門は、おれになにも言わなかった」

サイン会のあいだずっと笑顔で田母神に付き添い、田母神への賛辞を自分のことのように嬉しそうに聞いていた。

「それがおれには——たまらなかったんだっ！」

田母神が、張り裂けそうな声で叫ぶ。

目が充血して真っ赤だ。唇が乾き、震えている。

『緋文字』のディムズデール牧師は敬虔な清教徒だった。周囲から清らかで誠実な人物として尊敬されていた。

それが夫のいる人妻と密通し、子供が生まれた。

人妻のほうは処刑のさらし台に乗せられ、激しく糾弾され、罪を犯した女の印である『A』の文字を常に身につけるよう罰せられた。

彼女は子供の父親について一切語らず、緋色のAの文字を服に縫いつけ、それを常にさらしながら働き、子供を育てていた。
罪を逃れたはずのディムズデール牧師は、日に日に衰えてゆく。

罰せられなかったこと。

それが彼に与えられた、もっとも過酷な罰だった。
一人になると、彼は自分の体を自分で鞭打った。何度も何度も繰り返し。
けれど、そんなことくらいでは彼の罪の意識を癒やすことはできない。
あざやかな緋色のAの文字は、罪を犯した女をさらすものではなく、ディムズデール牧師にとっては己の罪を警告するものだった。

おまえは罪を犯したのだ。

なのに、のうのうと聖職者の仮面をかぶり、皆の崇敬の眼差しを集めている。

薄汚い悪党め。

Aの緋文字に責め立てられているようで。成長してゆく我が子を、彼女が連れているのを見る心地は、地獄のようだっただろう。

苦しみは七年も続いた。

そして、とうとう死の間際まで追いつめられた彼は、さらし台にのぼり、自らが胸に刻んだAの緋文字を大衆の前にさらすのだ。


ディムズデール牧師は息絶え、死ぬことで、救いを得た。

もう彼の目は緋色のAを映すことはない。それに怯えることはない。

けれど罪を犯した田母神は、生き延びてしまった。

二十年以上も、苦しんで、怯えて——絶望して。

故郷を離れても、笑門と連絡を絶っても、心の中にはずっとおだやかに微笑む笑門がいた。

その澄んだ笑みは、田母神にとっては怒りや軽蔑の眼差しよりも毒であり、罰だったのだ。

逃げて避けて、
避けて逃げて、
逃げて逃げて、逃げ続けて。

笑門からの電話には出ず、メールにも事務的な短い返事をし、なるべく遠ざかろうとした。

笑門と弥生子に子供が生まれたと連絡があったときも、喜べなかった。出産祝いを贈らなければならないだろうか？　笑門が礼を言ってくるだろう、なんとかメールのやりとりだけですませることはできないかと、そんなことばかり考えていて。

——よかったら会いに来てやってください。

笑門に電話で言われたときも、

——ああ……そのうち。

と言葉を濁した。電話を切ったときには、手も顔も冷たくこわばっていて、アスカが『赤ちゃんを見に行きたい』と無邪気に語るのにも苛立ち、『締め切りがあるので無理だ』と険しい声で答えた。

笑門さんとなにかあったの？　とアスカに訊かれても、硬い声で『なにもない』としか言えなかった。

都会で女優として成功するという夢を抱いたアスカを受け入れ、生活を共にしたのは、アスカにかつての傲慢で、ひりひりしていた自分を重ねたのと、アスカの庇護者になることで、笑門への罪悪感を減らせるのではないかと願ったためだった。

田母神にとってアスカはもう一人の自分で、アスカには罪に染まることなくまっすぐに夢を追って欲しいと思っていた。

けれど、なかなか芽が出ず、しだいに不安に追い立てられてゆくアスカは、三次から進めずに苛立ちの日々を過ごしていた過去の自分を、田母神に思い起こさせるばかりで、そんなアスカをすくいあげることもできず、すれ違ってゆく。

笑門の子供の件で気まずくなったあと、アスカは田母神のマンションから出て行った。


——あなたといると、あたしは不安になって、どんどんダメになる。


哀しそうな顔で、そう告げて。

アスカがいなくなると、ますます笑門のことを考えて苦悩する時間が増えた。

仕事のほうも、定期的に依頼をこなしてはいたが、デビュー作の『かのやま書店のお葬式』の売り上げを超えることはできず、編集者や読者から『また、かのやま書店のような話を書いてください』と言われるたび、胸が抉られるようだった。

笑門のやわらかな笑みが脳裏に浮かび、一人きりの寒々しい部屋で頭を抱えて『許してくれ』と繰り返し懇願した。


「笑門がもう誰にも、おれのしたことを話すつもりはないのはわかっていた。だからこそ、おれはずっと笑門のことを考えていて、苦しかった。地獄だったんだ」

苦しそうに息を吐きながら語る田母神を、水海も、アスカも、むすぶも、こわばった顔で見つめている。

「笑門が亡くなった前日の昼間に、突然おれに電話をかけてきた。笑門の子供が生まれてから、もう十何年も連絡をとっていなかったのに、何故急に電話してきたのかと、心臓が止まりそうだった」

――サイン会のときの写真を見ていたら、懐かしくなってしまって。港一さんはどうしているだろうって。

――あのときはお店の外まで行列ができて、本当にすごかった。みんな港一さんの本を手に持って、楽しそうに笑っていて。

――港一さんはもう、こちらには帰らないんですか。ぼくはまた港一さんと本の話がしたいです。

「きっと笑門は、本当にそう思っていたんだろう。おれのことが懐かしくなって、会って話がしたいと――でもおれには無理だった。十何年ぶりに笑門の声を電話越しに聞いて、心の中に嵐が吹き荒れたみたいになって、おれは――笑門に、言ってしまったんだ」

――おれは、おまえには会いたくない……っ。

——何故、おれが、おまえの作品を盗んだ罪人だと言わないんだ。

——二十年以上もずっと……おまえがおれを責めずに笑っているのが、苦しかった。

——おまえが生きているかぎり、おれは気持ちが休まらない……っ！　ずっと地獄に居続けるんだっ。

電話の向こうで笑門は沈黙していた。

驚いて、なにも言えなかったのだろう。

ただひとこと、ぽつりと。

——すみませんでした。

謝った。

田母神に。

哀しそうな声で。

何故だ！　何故、おまえが謝る！

おまえに対して酷いことをしたのは、おれのほうなのに！

笑門の哀しげな謝罪は、田母神の胸をさらに抉っただけだった。通話を切り、田母神は携帯を床に叩きつけた。


笑門が夜中に一人で店の本の整理をしていて、脚立から落ちたときに落下してきた本で頭を打って亡くなったのは、この翌日だった。

そして次の日――。

田母神のもとへ笑門から荷物が届いた。

A4の封筒に入れられたそれは、昔、田母神が幸本書店の事務室で見た手作りの絵本だった。


『さいごの本やさん』


クレヨンで描かれたタイトルを見た瞬間、頭に血がのぼり、心臓に握りつぶされたような激痛が走った。

幸本笑門という善人は、一体どこまでおれを苦しめれば気がすむんだ。

おれが盗んだ作品を、おれに差し出せば、おれが安心するとでも思ったのか？

とんでもない！

苦しみが増しただけだ！

罪の証など、目に入れるのもいやだった。

捨ててしまおうかと思ったが、それもできず、棚の奥へ突っ込み、頭を抱えて笑っていた。

自分はとうとう、おかしくなってしまったのかと思った。

いっそそのほうが楽かもしれない。

けれど、さらなる地獄が田母神を待っていた。


幸本笑門の訃報が届いたのだ。

おまえが生きているかぎり、おれは気持ちが休まらない、田母神がそう告げた翌日に笑門は不運な事故で亡くなったという。

――すみませんでした。


頭の中に笑門の哀しそうな声が響き渡り、田母神の視界と体はぐらりと揺れた。

本当に事故だったのか？

おれが、おまえが生きていると安心できないと言ったから、おまえは死んだんじゃないのか？

◇　　◇　　◇

「――あいつは、幸本笑門は、おれのために死んでくれたんじゃないのか？」

顔をゆがませ血を吐くような声で、田母神は水海たちに向かって呻いた。

がくりと肩を落とし、頭を抱えて深くうなだれ、「おれも死なせてくれ。もう限界だ」と懇願する。

田母神の恋人だったアスカが、自分も目に涙をにじませ苦しそうな顔で、田母神の頭を胸に抱え込む。それも田母神には、救いにはならないのだろう。

「死なせてくれ。おれがもっと早くに死んでいたら、笑門はきっと死ななかった。おれが笑門を殺したんだ」

繰り返し、死なせてくれ、とつぶやき続ける。

死の香りで満たされた灰色の部屋で。左の手首を右の手で痣ができそうなほど強くつかんで、田母神の告白を聞いていた水海の唇が震え、激しい言葉がほとばしったのは、そのときだった。

「いい加減にして！　店長は、自分から死んだりなんか絶対しない！」

第四話

『幸福論』の仄かで確かな効用

中学生の水海（みなみ）は、とても怖がりな少女だった。

夜寝ているときに、隣の部屋や上の階から物音が聞こえるとびくっとして跳ね起き、そのままコトコト、ガタガタと鳴る小さな音にわざわざ耳を澄ませ、早く音が聞こえなくなればいいと願いながら、まんじりともせず夜を明かす。

地震が起こるたび、これは余震で、このあともっと大きな地震が起こって、水海の家族たちが住んでいるマンションは崩れてしまうんじゃないか、水海も、お父さんもお母さんも弟も、下敷きになって死んでしまうんじゃないかと、夜、家中の窓の鍵をこっそりはずして回った。

そうすると今度は、夜中に包丁を持った強盗が入ってくるのではないかと怖くなり、布団をかぶって震えながら朝を迎えた。

外を歩いていて雨がぽたりと顔に落ちてくると、悪い病気に感染して皮膚がとけてしまうのではないかとゾッとして、晴れた日でも傘を持ち歩いた。

誰かが水海の近くで大声を出すと、自分が叱られているみたいに感じて、身体が縮（ちぢ）んで、びくびくしてしまう。

腕に小さなほくろができたとき、皮膚の病気ではないかと思い全身が冷え上がり、皮膚の疾患に関する本を読みあさった。

調理実習の最中に包丁で指を切って血が流れたときも、破傷風になって腕を切断する悪夢に

うなされ、咳が止まらないのは肺に異常があるのではないかと、また本を読みあさり、目が痛み、太陽の下で小さなほこりのようなものが見えたり見えなかったりするのは網膜剥離なのではと、駅の近くの書店へ走って網膜剥離について調べた。

舌に出来たおできがなかなか治らないときは舌の重病を疑い、胸にしこりがあるような気がしては何度もさわって確かめ、胸の奥が絶えず締めつけられているような気がするのは心臓病ではと、また書店で心臓病に関する本を探した。

体のどこかに不調があるたび、水海はあれこれ想像して怖くなってしまい、それについて調べるため書店へ走らずにいられなかった。また、当時の水海は寝不足で食欲もなく、常になにかしらの不調を抱えていたので、毎日が不安だった。

水海がこんなふうになったのは、水海たちが暮らす地域を襲った大規模な震災が原因だった。けど、震災から一年が過ぎて、水海の周りの子たちは、以前と変わらず元気に生活しているように見える。

水海だけが、ほんの小さなことであれこれ思い煩って、書店で病気に関する本を買いあさるのは異常だと悩んでいた。

わたしはヘンだ。いつ平気になるの？　ずっとこのままなの？

水海が訪れるのは、駅の近くにある幸本書店だった。

家から十分ほどの場所にあった小さな書店は、震災後に店を閉じてしまった。今はコンビニが立っている。

その書店以外にも、震災後に閉店していった店は多い。

そのうち、みんなよそに引っ越していって、町は空っぽになってしまうんじゃないかと不安を感じていた。

幸本書店も、閉店してしまうんじゃないか。

そうしたら、どこで本を買えばいいんだろう？　インターネットの通販はクレジットカードを持っていないので、お母さんたちに頼まなければならないからダメだ。

図書館は新しい本は順番待ちで、なかなか借りられない。

それに水海が欲しい、病気に関する最新の情報が載っている本は、この地域の図書館への入荷はめったにない。もちろん中学校の図書室にも置いていない。

幸本書店がなくなったら、病気のことを調べられない。

そんな恐れを抱いて、雑居ビルに挟まれた縦長の三階建ての書店のドアを開けて中に入ると、地域のお客さんたちで、そこそこにぎわっているように見えて、これならすぐには閉店しそうにないと、安堵するのだった。

一階のレジにはいつも、眼鏡をかけ店名の入ったエプロンをつけた優しそうな男の人がいて、

——いらっしゃいませ。

と、やわらかな笑顔をお客さんに向けていた。

彼と話をするために来るお客さんも多いようで、よく、笑門さん、笑門さん、とお年寄りから小さな子供にまで声をかけられていて、にこにこと笑顔で対応していた。

笑門さんは、この店の店長らしかった。

水海が店に入るときも、店長は他のお客さんたちと同じように笑いかけてくれるけれど、水海は吹き出物だらけの顔を伏せてレジの前をよろよろと通りすぎ、病気に関する本が並んでいる場所へ向かうのだった。

そこで二時間も三時間も過ごし、帰りに一冊だけ本を買ってゆく。

そうした本は漫画や文庫よりも高く、水海の月々のお小遣いだけではとても足りない。なのでお母さんの手伝いをして得た臨時収入や、貯金してあるお年玉などをあてていた。

この日は胃のあたりがずっとムカムカしていて、胃の病気かもしれないと、思いつく病名が書いてある本を片端からめくった。

水海が体に不調を覚えるたびに、考えられるかぎりの病名を調べ倒さずにいられないのは、自分がその病気ではないことを確認して安心したいためだった。

けれど調べれば調べるほど、自分の症状と重なる部分を見つけ出して、心配になってしまう。

そうしたとき水海の胸は、両手でぎゅっと絞られているようにきりきりと痛み、呼吸も苦しくなるのだった。

痛い。

苦しい。

やっぱり病気なのかも。

死ぬのかも。

嫌だ。

怖い。

本を両手で持ったまま、目を固く閉じてうつむき、歯を食いしばっていたら――。

「お客さま、ご気分が悪いのですか？」

心配そうに話しかけてきたのは、眼鏡の店長だった。

奥で少し休んでいってくださいと言われて、この日はあんまり苦しくて断る余裕もないほどで、案内されるままに二階の事務室に通された。

灰色のコンクリートの壁に囲まれた部屋には、雑多な本が並ぶ本棚があり、不思議な絵がかかっていた。

青い海と灰色の砂浜に、真っ白な鳥の骨が墓標のように立っている。淋しい絵で――少し怖かった。

ソファーに座って、こわばった顔で見上げていたら、

「ぼくの父が描いたんですよ。もう亡くなりましたが、前の店長でした」

と湯飲みにいれたお茶を持って戻ってきた店長が、教えてくれた。

「タイトルは『滅び』というんです」

「……『滅び』」

その響きにまたゾクッとして、思わず自分の腕を身体に回した。そんな水海に、店長があたたかなお茶を渡してくれて。

水海はおずおずと口に含んだ。

甘い……。

ほうじ茶？

ほっとする味だった。

温度も熱すぎずぬるすぎず、水海が飲みやすいよう調節してくれたようで、冷えていた体が少しずつぬくもってゆく。

「お客さまはよく、うちの店で本を買われていますね。医療系が多いようですが、将来はそう

いったご職業を目指しているのですか？」

そんなふうに店長が話を振ってきたのは、水海が話しやすくするためだったのだろう。水海が何故医療関係の本ばかりを買うのか、その理由を店長は察していた。だから水海をこの部屋に招いたのだ。

水海は身を縮め、恥ずかしそうに答えた。

「いいえ……あの……。わたし、しょっちゅう体調が悪くなって、そのたび大きな病気なんじゃないかって心配になって、つい本で調べてしまうんです」

「そうでしたか。買われていった本は、お役に立ちましたか？」

「……わかりません」

はい、と明快に答えることも、いいえ、と否定することもできず、水海はますます身を縮めた。

どれだけ本を買っても、また別の不調が気にかかり、書店へ走る。

その繰り返しだ。

生きること自体が、怖くて、怖くて、怖くて。たまらなく不安で——。

部屋に積み上げてある大量の医療関係本は、はたして水海の役に立ってくれたのだろうか？

水海を治療してくれたのだろうか？

きっと答えは、否、だ。

「では、今日はぼくから、お客さまにお薬を差し上げましょう」

おだやかな声でそう言うと、店長は本棚から文庫を一冊抜き出して、水海に差し出した。
表紙に羽を生やした子供の天使が、落ち着いたふんわり淡い色彩で描かれていて、そこそこ厚みがある。

『幸福論』……？


戸惑う水海に、眼鏡の奥の目を優しく細めて、店長が言葉を続ける。

「アランの『幸福論』が好きで、いろいろな訳を読みましたが、こちらの訳が一番わかりやすくて、すんなり頭に入ってくるように思いました。なので、良かったら試してみてください」

「あの……お金」

「いりません。これはぼくの私物ですから」

「でも」

「でしたら、読んだら感想を聞かせてください。全部でなくてもかまいません。細かく章分けされているので、気になるタイトルを拾い読みしてみても面白いですよ」

笑顔でそう言われて、水海はお礼を言って本を受け取り、胃の病気の本は買わずに、その本だけを持って帰宅したのだった。

自室で学習机に向かい表紙をめくってみると、全部で九十三も項目があった。

名馬ブケファルス

悲しいマリー

ふさぎの虫

死について

あくびのしかた

不機嫌

予言的な魂

幸福な農夫

絶望について

雨のなか
解きほぐす
ひとつの療法
精神の衛生
そんなタイトルが並び、最後の五つのタイトルは、
幸福は美徳
幸福は寛大なもの
幸福となる方法
幸福になる義務

幸福に関するものが、ぞろぞろ並んでいる。

まず一話目の『名馬ブケファルス』から目を通してみる。

アレクサンダー大王の逸話を例にあげていて、若き日のアレクサンダーに名馬ブケファルスが献上されたとき、どの調教師も、この暴れ馬を乗りこなすことができなかった。

けれどアレクサンダーは、ブケファルスが自分の影にひどく怯えているのに気づいた。

怯えて跳ねるから、影も一緒に跳ねて、それにまた怯えて暴れ、このままではきりがないと。

そこでアレクサンダーは、ブケファルスの鼻面を太陽のほうへ向け、馬を安心させたのだと。

『多くの人々が恐怖というのものは根拠のないものだと論証した。それも、いろいろもっともな理由をあげて論証した。しかし、こわがる人は理由などには耳をかたむけない。心臓の動悸と血の騒ぎとに耳をかたむける』

そうか……わたしはブケファルスなんだ、と水海の心に、それらの言葉はすんなり落ちてきた。

それは不思議な感覚だった。

まるで小さな錠剤が、するりと喉をすべって胃に落ち、とけてゆくように、言葉が水海の体

の隅々に行き渡り、染みてゆく。

わたしの怖がりにはちゃんと理由があって、それは自分の影に怯えて暴れていたブケファルスみたいなものだったのだと。

アレクサンダーがブケファルスの鼻面を太陽のほうへ向けて落ち着かせたように、影を見なければ、怯えることもない。

『怖い』ということには、理由がある。

その理由を知ることが、肝心なんだ。

そんなふうにして、ひとつひとつの文章を心の中で反芻しながら、他の項目も少しずつ丁寧に読み進めていった。


『人が幸福であったり不幸であったりする理由は、たいして重要ではない。すべてはわたしたちの肉体とその働きとにかかっている。そしてどんな頑健なからだも、毎日、緊張から銷沈へ、銷沈から緊張へと、しかも多くの場合、食事や、歩行や、注意力や、読書や、天気のぐあいなどにつれて、移り変わるものだ』


そんな箇所を読むと、そうなのか……体の不調は、百年以上も前からよくあることだったんだ……と、ほっとできた。

お天気や食事や、その他の日常的なささいなことで、気持ちも体調も変化するんだ、それだけのことなんだと。

『医薬』とタイトルのついた項目にも、気づかされることがたくさんあった。

『まず第一に、できるだけ満ち足りた気持ちでいることが必要だ。第二には、自分の身体そのものを対象とした心配、生命のすべての機能を確実に乱す結果となるような心配を、追い払うことが必要だ』

『あらゆる民族の歴史には、自分が呪われていると思いこんだがために死んだ人々が、見られるではないか。呪いというものは、呪いをかけられている当の本人が呪いをかけられていることを知らされてさえいれば、きわめてうまく成功したではないか』

『すなわち、ほとんどすべての障害は、ほかならぬわたしの用心と心配そのものがつくりだしたものであり、したがって第一のもっとも確実な療法は、胃病や腎臓病を足のまめ以上に恐れないことだ』

呪いは、呪われている本人がそれに気づかなければ、効力をもたない。

だから、大切なのは恐れないこと。

用心がすぎるあまり、自分に呪いをかけないこと。

ああ、そうだったんだ。

わたしは自分で自分を呪ってたんだ。それをやめればいいんだ。

表紙を開いてすぐのページに、作者のアランの写真が載っていて、立派な鼻をしたおだやかで優しそうな人だった。

幸本書店の店長に少し似ているような気がして、文字を追いながらずっと、やわらかな優しい声で語りかけられているみたいだった。

本の中に、たびたびあくびのことが出てきて、あくびは想像が生み出す病に大変効果的であると説明されていた。

『人は意のままに伸びをしたり、あくびをしたりすることができる。これは不安や焦燥に対する最良の体操である』

『あくびをすれば、しゃっくりが止まる。だが、どうやってあくびをするのか。まず、伸びをしたり、にせのあくびをしたりして、あくびのまねをすることによって、うまいぐあいに本物のあくびが出るようになる』

『あくびは、あくびが予告する眠りと同じく、あらゆる病気によくきくものとわたしは思う。

そしてそれは、わたしたちの考えというものがつねに病気に大きな関係があるしるしである』
　熱心に読んでいるうちに、眠たくなってきて本当にあくびが出てきた。
　椅子の上で、腕をあげて伸びをしながら顔を上へ向け、口を大きく開けるのは、とってもすっきりした気持ちの良い行為だった。

　それからも水海は毎日少しずつ、『幸福論』を読み進めていった。
　まるで水海のために書かれた本のように、うなずいてしまう部分や、励まされる部分や、気づかされる部分がたくさんあって、幸本書店の店長が言ったように、水海の心に必要な優しい薬のようだった。
『わたしがこれを書いているいま、雨が降っている。屋根瓦が音を立てている。無数の小さな溝がざわめいている。空気は洗われて、濾過(ろか)されたみたいだ。雲はすばらしいちぎれ綿に似ている』
『こういう美しさをとらえることを学ばなければいけない』

『雨は収穫物(とりいれ)をだいなしにする、と或(あ)る人は言う。なにもかも泥でよごれる、と別な人が言う。そして第三の人は言う、草の上に坐(すわ)るのは、たいへん気持ちがいいのに、と』

『言うまでもないことだ。誰でもそれは知っている。あなたが不平を言ったからといって、どうともなるものではない』

『そして、わたしは不平の雨にびしょぬれになり、この雨は家のなかまでわたしを追いかけてくる』

『雨降りのときこそ、晴れ晴れとした顔が見たいものだ。それゆえ、悪い天気のときには、いい顔をするものだ』

雨降りの日こそ、晴れ晴れと笑おう！

雨の日だからこそその美しさを、見つけよう！

そんな語りかけに、水海の頭にかかっていた霧が晴れてゆくようだった。

『楽観主義』という項目に書かれていたくだりも、水海の新しい指針となった。

『自分が倒れそうだと思えば、倒れるものだ。もしわたしがなにもできないと思えば、わたしはなにもできない。期待に裏切られると思えば、期待はわたしを裏切る』

『わたしは自分でお天気や嵐をつくりだすのだ。まずなによりも自分の内部につくりだすのだ。自分の周囲や、人間の世界にもまた、つくりだすのだ』

たとえ嵐の中にあっても、心の中が晴れていれば、それは晴れなのだ。

まずは、自分の心に太陽をのぼらせるのだ。

自分は『できる』と晴れやかな気持ちで、信じるのだ。


幸本書店の店長が処方してくれた薬は、水海に合っていたようで、水海は以前ほど自分の体の小さな異変を怖がらなくなったし、夜もぐっすり眠れるようになった。

青白く、吹き出物だらけだった頬も薔薇色になり、朝、顔を洗うとき両手でさわるとすべすべした。

姿勢も良くなり、寝不足で充血していた目が輝き、重たかったまぶたもすっきりし、視界がクリアになった。

幸本書店へは以前と同じくらいの頻度で足を運んでいたが、それは医療関係の本を購入する

ためではなく、店長と本について語るためだった。

水海が話すのを、店長はいつも優しい目をして聞いてくれて、水海から次々言葉を引き出してくれる。

水海が『幸福論』を読み終わると、別の本を紹介してくれて、それを購入して家で読み、読み終わると、わくわくしながら幸本書店を訪れた。

一番好きな特別な本は、やっぱり店長が水海のために最初に選んでくれた『幸福論』で、夜寝る前に繰り返し読み返し、好きな箇所はすっかり暗記してしまうほどだった。

そして水海が高校二年生になったとき、最大の幸運が訪れた。

幸本書店の壁に張り出された『アルバイト募集』のお知らせを見て、水海は喜びに身を震わせた。

そのまま店長を捜して店内を夢中で歩き回り、二階の児童書コーナーで本の整理をしているのを見つけて駆け寄り、言ったのだった。


——わたしを幸本書店で働かせてください！


時給もその他の条件も、ろくに見ていなかった。

幸本書店で店長と一緒に仕事をすることは、『幸福論』を処方してもらってからずっと水海の胸にあった希望で、それが現実になろうとしている。

たとえ時給がゼロのボランティアでも、水海は手伝いを申し出ただろう。

店長は眼鏡の奥の目を丸くして、それからやわらかく微笑んだ。

――うん、じゃあ、水海さんにお願いしようかな。

――はい！　頑張ります！

――ちゃんとご両親の許可はとらなきゃいけませんよ。水海さんはまだ高校生なんですから、学校の勉強もおろそかにしないように。

――大丈夫です！　わたし今嬉しくて、なんでもできそうな気分です。

こうして水海は幸本書店で働きはじめたのだった。

毎日嬉しくて、楽しくて。

重い段ボールをカッターで慎重に開けて、真新しい本が整然と詰められているのを見るのも、ときめいて。それを出して、平台に並べてゆくのも、どうレイアウトしたらお客さまの目に届きやすいだろう？　興味を引けるだろう？　と考えるのもわくわくした。

新刊を買いに来た高校生たちが、

――やった！　あった！　ほら、幸本書店なら絶対あるって言ったろ。

と喜んでいるのを見て胸がとどろき、

――お店のポップを見て買った本、とても面白かったわ。

と言ってもらったときも、心が天に舞い上がりそうだった。

事務室に飾ってある『滅び』のタイトルがついた絵も、最初に見たときは怖くて震えたのが、バイトが決まってから事務室で再会したときは、ひどく懐かしく、あたたかく感じられた。

それに、とても美しい絵だとも思うようになった。

――店長のお父さんの絵、綺麗ですね。

と水海が言うと、店長も目を細めて微笑み、

――うん、ぼくもそう思います。

と答えた。

店長と気持ちが重なったように感じられて、水海は身体のすみずみまで幸福な気持ちでいっぱいになった。

——ぼくの祖父は作家志望で、父は画家か役者になりたかったんですよ。二人とも早くに亡くなって、はたせませんでしたけど。

——店長の、子供のころの夢は、なんだったんですか？

そう尋ねると、まぶしいほどの笑顔で答えた。

——ずっと本屋さんでした。

物心ついたときから本に囲まれていて、本という存在そのものが、好きでしかたがなかったから、本と人を結ぶ手助けをしたいのだと。

いつもそんなふうに話していて、水海はそれを甘い気持ちで聴いていた。

水海が地元の大学に進学してからも、幸本書店でのバイトは続けていた。就職活動の時期になり店長から、

──地元で就職するなら、お店のお客さんに社長さんや人事のかたもいるから、声をかけてみますよ。

と言われたけれど、

──いいえ、わたしは卒業してからも幸本書店で働きます。

と言い切った。

──ありがたいけれど……うちは水海さんがどれだけ優秀でも、正社員として雇える余裕はないから。

店長はちょっと困った顔をしていた。

なので、

──自宅から通っているので、どうとでもなります。それに税理士の資格をとろうと思っていて、その勉強もしたいので。

税理士の勉強は、店長を心配させないためのあとづけで、それでなんとか大学を卒業してからも、幸本書店でバイトを続けることを了承してもらった。

――いつでも好きなときに辞（や）めてもらってかまわないんですよ。うちもいつまであるのかわからないし。

電子書籍やネット書店に押されて、売り上げはどんどん落ちている。もう幸本書店が町で最後の書店だ。

店長には跡取りがいない。

奥さんとお子さんは、震災で亡くなったと聞いている。

その話を水海に教えてくれた年配のパートさんは、涙ぐみながら、

――笑門さんのお子さんは、未来（みらい）くんという名前でね。まだ六歳の――可愛いさかりだったんですよ。

と話していた。

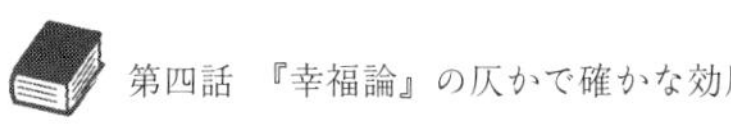

――奥さんの弥生子（やえこ）さんが最初のお子さんを流産して、もう子供はできないだろうとお医者さんに言われたそうでねぇ。だから未来くんが生まれたときは、笑門さんも弥生子さんも本当に嬉しそうで。それがあんなことになるなんて。

――未来くんは本が大好きで、児童書コーナーのマットにちょこんと座って、いつも楽しそうに本を読んでいて、そういうところも笑門さんの小さなころにそっくりだったわ。

――ぼくも、おとうさんみたいな、ほんやさんになるんだ！　って、可愛い声で言ったり……それを聞いている笑門さんがそれはもう、とろけそうな顔をしていて。本当になんで、あんな優しいいい子が。

奇跡のように授かった我が子に『未来』と名付けた店長は、幸本書店が続いてゆく未来を思い描いていたのだろう。

三代目の自分が亡くなったあと、四代目、五代目、六代目……そのずっと先まで。自分の血縁が、この土地で本と人を結ぶ手助けをしてゆけたらと。

なのに、あの震災ですべての未来が、あっけなく奪われてしまった。

それでも店長は、優しく微笑んで言うのだ。

――ぼくが生きているあいだは店は続けますよ。うちがなくなったら困るお客さまもたくさんいるから。


いずれ町からすべての書店がなくなることも、店長はずっと前から知っているみたいだった。

それを確信した上で、嘆いたり恐れたり、なにかを恨んだりすることなく、自分に課せられた仕事を真摯にこなしているように、水海には感じられた。

おしまいの日が来るときまで、ただ粛々と。


店長のそばにいたかった。


その気持ちは、恋だったのだろうか。

店長に微笑みかけられるたび、胸がきらきらと躍ったことも。『水海さん』と名前で呼んでもらえることが、嬉しくて誇らしくてしかたがなかったことも、店長の孤独を分けてほしいと願ったことも。

幸本書店で働きはじめて、店長の秘めた哀しみや苦しみを知り、それでもやわらかに微笑んで誠実に過ごしているところや、本や人に対する静かな愛情や、そうしたすべてが、店長が水海に処方してくれた『幸福論』そのもののようで。

店長の生きかたを、店長の言葉を、哀しみを隠して微笑むその強さを、優しさを、愛情を、水海は生きる手本にしていた。

恋だったのか？

恋に似た、もっと強いなにかだったのか？

水海にもわからない。

ただできるなら店長の隣に、いつまでも在りたくて、幸本書店も店長も、水海のありったけの力で守りたかった。

終わりがくることなんて、考えたくなかった。

「店長は、自分から死んだりなんか絶対しない！」
ソファーで頭を抱えてうなだれる田母神（たもがみ）に向かって、水海は全身全霊で叫んでいた。
田母神は、笑門はおれのために死んでくれたのではないかなどと言って、苦悩している。そんなバカなことあるはずがない！
「田母神さんが店長の設定を使った小説でベストセラーになっても、店長がなにも言わなかったのは、田母神さんを気遣ってだったのかもしれないけれど、きっと店長にとっては、怒るようなことじゃなかったのよ！　むしろ田母神さんが店長のアイデアを借りた小説で有名になったことを、喜んでいたかもしれない！　わたしの知っている幸本笑門は——店長は、そういう人です！」

田母神とアスカ、それに店長が店のすべての本を託した眼鏡の高校生が、水海を見ている。

田母神は苦しそうに、アスカは哀しそうに、むすぶは静かに澄んだ眼差しで――。

むすぶの後ろに、海にうち捨てられた鳥の骨の絵がかかっている。

静かで、淋しい、美しい絵が。

「わたしは震災のあと、とても怖がりになってしまって、毎日なにか怖いことを想像して、その想像に追いつめられて、生きていること自体が怖くてしかたがなかった。明日はなにが起こるんだろうって、いつもビクビクして怯えていた。そんなわたしに店長は、アランの『幸福論』を薬だといって処方してくれたの！　店長は『幸福論』が好きで、違う訳で何冊も読んだと言っていたわ！」

事務室の本棚にも、水海が持っているのと別訳の『幸福論』が五冊も並んでいる。

店長は休憩時間や夜勤のとき、いつも棚の本を読んでいた。『幸福論』もきっと何度も読み返したはずだ。

「この本の中には、想像が作り出す病に負けない方法や、雨の日を晴れた日に変える方法が――幸せになる方法が、たくさん書いてある！　想像力は、わたしたちを幸福にはしないって！　想像力は創造することができない。創造するのは行動だって！　自分はこうなんだ、どうしようもないんだ、なんて考えるのは、自分で自分に呪いをかけるようなものだって！　過去をあれこれ考えることから生まれる悲しみは、なんの役にも立たないし有害だ！　後悔することは二度過失を繰り返すことだって！　悲しみをその本当の原因に突き返せって！」

喉が裂けそうなほど、必死に叫ぶ。

水海が『幸福論』に書かれた言葉に励まされたように、店長も挫けそうなときや、哀しみに襲われたとき、本棚から『幸福論』を出して読んだのだろう。

そうして、哀しみを突き返して笑ったのだろう。

目を細め、やわらかに優しく。

初めて事務所でお茶を淹れてくれたときのような、どこまでもあたたかな笑顔で！

「幸福になろうと欲しないなら、幸福になるのは不可能だって！　だから、自分の幸福を欲して、それをつくらなければならないんだって！」

水海の知っている店長は、そんなふうに生きていた。

「そんなことが書いてある本を薦めてくれる人が、自分から死のうなんてするはずがない！」

田母神は眉根を固く寄せ歯を食いしばるようにして、水海の言葉を聞いている。疲れ果て苦悩が深く刻まれた顔に、絶望と否定と疑念が、幾度も浮かび上がる。

だけど笑門は、死んだんだ。

おれが彼に、酷いことを言った次の日に。

おれにあの手作りの絵本を送って寄越した、そのあとに。

そんな叫びが、苦しそうに震える唇から今にもほとばしりそうで。

そのとき、澄んだ声がした。

「水海さんの言うとおりです」

振り向くと、大きな眼鏡をかけた高校生の男の子──榎木（えのき）むすぶが、どこか店長を思わせるおだやかな表情で言った。

あの『滅び』とタイトルのついた海と砂と鳥の骨の絵を背に、息をのむほど静かな聡明な眼差しで。

「笑門さんは自殺ではありません。笑門さんが亡くなった本当の原因を、ぼくは知っています。これからそれをお話しします」

最終話　ぼくが出会った『長い長い郵便屋さんのお話』

ぼくが幸本笑門（こうもとえもん）さんと知り合ったのは、長い夏が終わり、涼しい秋の風が吹きはじめたころだった。

その日は休日で、金木犀（きんもくせい）が香る公園のベンチで、うららかな日射しを浴び、膝にはな色の薄い本をのせて、ぼくは彼女と話していた。

――金木犀の香りをかぐと、一気に秋になった気がするね。夜長姫（よながひめ）は、ぼくらの声が聞こえているけれど、香りもわかるの？

――ごめん、ごめん、バカにしたわけじゃないんだよ。

――そうか、聞香炉（ききごうろ）に香木を入れて熱して、そこから立ちのぼる香りをかぐんだ。夜長姫はお姫さまだものね。

――へ？　香道に関する十の徳？　黄庭堅（こうていけん）の？　中国の詩人だっけ。うーん……それは知らないなぁ。

——へぇ、お香をかぐと、感覚が鬼や神様みたいに研ぎ澄まされるんだ……。

——静中に友と成る……これは、静けさが友達のように感じられるってことだね。夜長姫は物知りだね。

——いや、老けてるなんて言ってないよ。古くて、くたびれているとか、そんなこと全然ないし。

——本当だよ。ぼくは何度もページをめくって、やわらかくなった、このちょっと黄ばんだ紙が読みやすくて好きなんだ。表紙が少しだけ色あせているのも味があるし、〝ぼくの本〟って気がするよ。

——いや、黄ばんでるって言っても、じっくり顔を近づけてみないとわからないほどで、そんなに真っ黄色ってわけじゃ。

——うん、うん、五十年経っても、百年経っても、夜長姫はずぅ〜っと綺麗で可愛いよ。

——え？　ここでめくってもいいの？　日射しにあたると茶色くなるから嫌だって、いつも言ってるのに。

――いや、ぼくはいつでもめくりたいし、読みたいけど。あんなに嫌がっていたのに。

――ううん、嬉しいよ、ありがとう。

――じゃあ陽があたらないように、ぼくが影になろうね。

周りに人がいないのをよいことに、ぼくは可愛い彼女といちゃいちゃしていた。いつもは素っ気(け)ない彼女が、この日は貴重なデレを聞かせてくれて、金木犀の香りの中、秋のデートを満喫していたら、後ろで落ち葉を踏む、カサリという音がして。

振り向くと、眼鏡をかけた男の人がベンチの後ろで、目を丸くしていた。

あ、人がいたんだ。

夜長姫のひんやりした、あどけない、愛くるしい声を聞くのに夢中で、気づかなかった。
まず間違いなく、ぼくが話すのを聞いていたのだろう。
ぼくは恋人とデートしていただけだけど、ぼくには当たり前に聞こえている本の声は、残念ながら他の人たちには聞こえない。

なのでぼくは公園のベンチでひとりごとを言っている、危ないやつに見えただろう。

あー失敗したな。

学校では半ばそういうキャラとして定着しているから、ぼくが本と話していても、また榎木が中二病ごっこをしている、ラノベなんて読んでいていいのか？　嫁に呪われるぞと、からかわれるくらいだけど。それ以外はなるべく人前では、本と話さないようにしていたのに。

気味悪がらせちゃったかな？

いや、親切そうな人だから、心配してくれているのかもしれない。なにか悩みがあるのかい？　なんて訊かれてしまうかも。

まぁ、ぼくにとってはありがちなミスなので、いつものように適当にへらへら笑って乗り切ろう。

けど、その人はぼくに、悩みがあるのかい？　とも、誰と話していたんだい？　とも尋ねなかった。

とても驚いている顔で、言ったのだ。

――きみも、もしかしたら本と話ができるんですか？

そんなふうに訊かれたのは、このときが初めてだった。

きみも、とその人は言った。

つまり眼鏡のレンズ越しに目をまん丸にして、ぼくを凝視しているこの人も、本と話せるということで。

——ええっ、あなたも、本の声が聞こえるんですか！

あんまり興奮して、質問に質問で返してしまった。

男性は、嬉しそうに微笑みながら言った。

——いいえ。ぼくはなんとなくわかる程度で、言葉としてははっきり聞こえてくるわけではありません。でもきみは、聞こえるんですね？　彼女の声が。

ぼくが手にしているはな色の表紙の薄い本に、それは深く優しい眼差しを向ける。こんな目で本を見る人は、心から本を愛している人で、絶対にいい人だ！

——はい！　彼女はぼくの恋人で、夜長姫といいます。二人きりのときに、よくさっきみたいに話しているんです。ぼくは榎木むすぶといいます。この近くの高校に通っていて、今、一年生です。

自己紹介すると、その人はますます嬉しそうな親しげな表情になった。

——ぼくは幸本笑門。こちらには仕事で来たんだ。

笑門さんは東北の小さな町で書店を経営しているという、オーナー店長だった。

——本屋さんですか！　いいですねぇ！　書店に並んでいる本はとてもおしゃべりでにぎやかなんですよね。特に平台の新刊なんか、みんな『ぼくを読んで！　わたしを読んで！』って生まれたてのひな鳥みたいに呼びかけてるんですよ。

——ええ、わかります。届いたばかりの新刊は、どの本もみんなわくわくしていますね。読まれたくてたまらないという感じで。表紙をめくると、嬉しそうにはしゃいでいる気配が伝わってきます。

——そう！　そうなんです！　発売されたばかりの本って、好奇心でいっぱいの子供みたいに、読んでくれる人を待っていて、手にとるとすごく喜んでなついてきてくれて、可愛いんですよね。わっ！　夜長姫、ち、違うよ、浮気じゃないよ。ただ無邪気で可愛いなって思うだけで、夜長姫に言う『可愛い』と違うから！　ごめん、呪わないでっ。

ひんやりした声で責めてくる夜長姫に、ぼくが謝り倒すのを、笑門さんは微笑ましそうに見ていた。

――すみません、ぼくの彼女はやきもち焼きで、ぼくが他の本の話をするのを嫌がるんです。

――それは大変ですね。きっと彼女は一途なのですね。それにとても誇り高い。名前のとおりお姫さまみたいですね。

――はい、ぼくの大事なお姫さまです。

ぼくと笑門さんのそんなやりとりに、夜長姫も機嫌を直したみたいだった。それに笑門さんみたいに優しい顔で本について語る人を、本のほうでも好きにならないはずがないから！

ぼくと彼は、そのあともベンチに座り込んで、だいぶ長い時間話していた。

――笑門さんは、本の気持ちがわかるって、どんな感じなんですか？　本が嬉しそうにきらきら光ってるとか？

――いいえ、本当になんとなく、嬉しそうだな……とか、淋しそうだな……と思うだけで、実際はそうではないのかもしれません。むすぶくんみたいに、本の言葉が聞こえて話ができたらと思いますよ。

そう言ったあと、微笑んで、

――ああ、でも。本の表紙に手のひらを重ねると……。本が喜んでいるときは、手のひらがとてもあたたかいんです。

――手のひらですか？

――はい。逆に本が哀しんでいるときには、手のひらが冷たくなる。

ぼくは夜長姫の表紙に、手のひらをぺたりと重ねてみた。

汗ばんだ手でいきなりさわらないで、ちゃんと石鹸で綺麗に洗ってから、そっとさわって、と怒られてしまう。ちょっと照れているみたいな口調なのが可愛い。

けど、特にあたたかいとも冷たいとも感じない。

——うーん……ぼくにはわからないみたいです。言葉で聞こえなくても、さわっただけで本の気持ちが感じられるなんて、すごいです。いつからできるんですか？　ぼくは生まれたときから聞こえていたみたいですけれど。

姉の話では、赤ん坊のころから『だぁだぁ』と本に話しかけていて、不気味だったという。まぁ、北海道で医大生をしている姉は、普段から口が悪いのだけれど……。

——ぼくも、子供のころからでしょうか。ぼくの父は書店の二代目で、母はぼくを産んですぐに亡くなったから、父はぼくをうちの書店へ連れていって、ほとんどそこで育ったようなものでした。周りにたくさん本があって、さわるとあたたかい本と冷たい本があるのはどうしてだろうって、ずっと不思議でした。

そんな笑門さんは十歳のとき、一冊の本に出会うのだ。

——カレル・チャペックの『長い長い郵便屋さんのお話』という作品集の、表題作にもなっている話の中に、小人たちが出てくるんです。彼らは真夜中に郵便局でお手伝いをしてくれているのですが、手紙にふれただけで開封しなくても内容がわかるんです。

『手紙を触ってみると、そっけないことしか書いていない手紙はなにかひんやり、冷たいのです。でも手紙に気持ちがこめられていればいるほど、あったかい感じが手に伝わってくるんですよ』

『それに、手紙を額に当ててみるだけで、』『私たちは書かれた中身が一字一句までわかるのです』

郵便の配達員をしているコルババさんは、小人たちからその話を聞き、それからは自分も手紙を手に持ち、つぶやくようになった。

『この手紙は、ほんのり温かいな。でもこちらの手紙はもっとずっと温かいぞ。きっとこれはお母さんが子供に出した手紙に違いない』

——それを読んで、ああ……そういうことなのかって、納得がいったんです。ぼくが手のひらでふれてあたたかく感じるときは、本が喜んでいるときで、冷たく感じるときは本が哀しんでいるときなんだなって。

残念ながら額に表紙を押しあてても、本の言葉までは聞こえなかったんですけどね、と笑門さんは笑った。

——ぼくがコルババさんなら、むすぶくんはきっと小人さんなのでしょうね。コルババさんが小人さんたちに会えて良かったように、ぼくも今日、むすぶくんと知り合えて幸運でした。

——はい！　ぼくも！　笑門さんみたいに本の気持ちがわかる人と知り合えて、嬉しいです！

ぼくらは連絡先を交換した。

——東京へ来るときは、知らせてください！　また本の話をしましょう！

——はい、ぜひ。むすぶくんもいつかぼくの店に遊びにきて、本と話をしてあげてください。

——うわぁ、行きます、楽しみです。

そのあとも、ぼくは笑門さんとちょくちょく連絡を取り合い、笑門さんが東京に来るときは必ず時間を作って会いに行った。

笑門さんはぼくに、色々な話を聞かせてくれた。

戦後に書店を立ち上げたおばあさんのなつさんのことや、作家志望だった病弱なおじいさんのこと。本を読むのが上手で子供たちの人気者だったお父さんの兼定さんは、画家か役者さんになりたかったことや、震災で亡くなった奥さんと子供さんのことも……。

それから友人の作家、田母神さんのこと。

書店で一緒に働いている人たちのこと。

笑門さんの書店が、町で最後の書店であること。

――幸本書店は、おそらくぼくの代で終わりです。

――この地球で、これまでたくさんの生き物が滅びたり進化したりしていったように、本も書店も進化の途上にあるのかもしれません。

――今の形では生き残れない、滅びゆく存在なのかも……。

ここ数年で、紙の本の出版数は激減し、電子書籍の販売が増えていることは、ぼくも認識している。

本を読む人たちが、減っていることも。

この世から本がなくなったらと考えると、体の真ん中に、ぽっかりと大きな穴が空いたように淋しい。

ぼくは、あたりまえのように、ぼくの周りでおしゃべりしていた大勢の友達を、失うことになる。不安で恐ろしいことだ。

それは本に深い愛情を注いでいる笑門さんも同じで。

でも笑門さんは、そうした話を哀しそうにではなく、ただおだやかに優しく語る。

幸本笑門さんは、そういう人だった。

——もちろん、本が完全に形を変えるのは、まだずっと先のことでしょうし、ぼくが生きているあいだは幸本書店を続けます。

やわらかな口調で、そう結んでいた。

そんな彼から急に連絡をもらったのは、年が明けたばかりのころだった。

メールではなく、わざわざ電話をかけてきて、新年の挨拶かな？　それともまた仕事で東京に来るのかな？　と思ったら、静かな声で、

——どうやら閉店が早まりそうです。

と打ち明けられた。

笑門さんの話は、ぼくにとっても衝撃的で、とても辛く哀しいものだった。

そしてこのときぼくは、笑門さんに大事な頼まれごとをしたのだ。

「笑門さんは末期の脳腫瘍におかされて、医者から余命宣告を受けていました。もってあと半年だと」

夜はすっかりふけていた。

普段はとっくに眠っている時間なのに、目が冴えている。きっと今、この部屋にいる人たちも同じだろう。

バイトの円谷（つぶらや）さん、作家の田母神さん、女優のアスカさんは、三人とも信じられないという表情を、ぼくに向けている。

ぼくも笑門さんに打ち明けられたときは信じられなかったし、信じたくなかった。

本の気持ちがわかる人に、初めて会えた。

とても優しい人で――おだやかで気持ちの綺麗な人で――その人が、半年後にはこの世にいないだなんて。

「笑門さんが、自分にもしものことがあったら、幸本書店のすべての本をぼくに任せると遺言状に書いて弁護士さんに預けたのは、そのためです。不幸な事故で、ぼくがこちらへ来る日が予定よりも早くなってしまいましたが」

「脳腫瘍……店長が？」

円谷さんがこわばった顔でつぶやく。

円谷さんは笑門さんを慕っていて、幸本書店でのバイト歴も長いから、そのぶんショックも大きいのだろうと、ぼくの胸も痛んだ。

でも、笑門さんが脳腫瘍だったことは、笑門さんの死が自殺ではないという証明にもなるのだ。

「笑門さんが亡くなったのは、脚立（きゃたつ）にのって本の整理をしていた最中に、脳腫瘍の発作が起きたからです。ときどきひどい頭痛がするのだとぼくに言っていました。脚立の上で体が揺れて、とっさに本をつかんだとき、脚立が倒れて、本が頭の上になだれ落ちてきました。そのなかの一冊が急所を直撃し、さらに倒れるときに台の角にも頭を打ちつけて致命傷になった――笑門さんは自殺したのではありません。円谷さんがおっしゃったとおり、幸本笑門さんは、たとえどんな理由であれ自分から死を選ぶ人ではありませんでした。あれは不幸な事故でした」

――誰が笑門さんを殺したの？

あの慕わしく大事な人を私たちが殺してしまったと、嘆きざわめく本たちにぼくが問いかけ、得た答えがそれだった。

「そんな……。だが、笑門は、おれにあの絵本を送ってきて、そのあとに……」

田母神さんが納得がいかないというように、眉根を寄せる。

きっと彼は、笑門さんの死の原因を自分が負いたくてたまらないのだ。そしてその罪の重さで、自分もまた死に至ることを望んでいる。

トイレにこもって手首を切った田母神さんを捜していたとき、彼が通った道筋にある本たちはざわめいていた。

あの人は死ぬ気だよ。

危ないよ。

トイレに入っていった。

早く。なにか鍵を開けるものを持っていって。

死にたがっているの。

死んじゃう。

死んじゃう。

死んじゃう。

「笑門さんが田母神さんに突然電話をしたのは、医者から余命宣告を受けて、自分の死が近いことがわかったからです。だから友人である田母神さんに会いたかった。田母神さんと疎遠になっていったことを、笑門さんはずっと気にしていたし、また以前のように田母神さんと本の話ができたらと思っていたんです」

――田母神さんは、地元出身の作家さんでね、うちの書店でサイン会をしたこともあるんですよ。お客さんの列が店の外まで伸びてね……お客さんも本も、みんな嬉しそうで、うきうきしていて……。ぼくの一番誇らしくて嬉しい思い出です。

「……っ、そんなふうに思えるはずない！　おれは、笑門の話を盗んで賞をとって、そのことを謝りもせず、逃げたんだから」

田母神さんがひび割れた声で叫ぶ。ゆがんだ顔には疑いと苦悩しかない。

どうすれば、この人に伝えることができるだろう。

笑門さんの心を。願いを。

「笑門さんは、ぼくに、田母神さんのことをそんなふうには言いませんでしたよ。いつも真摯(しんし)に創作に向き合っていて、きっといつか作家になると思っていたから、それが叶って、田母神さんが幸本書店にサイン会に来てくれたときは、本当に誇らしくて嬉しかったと、ぼくに話していました」

「そんな……そんなこと……」

「円谷さんもおっしゃってましたね。自分のアイデアを使って、田母神さんが立派な賞をとってくれて、笑門さんはむしろ嬉しかったのではないかと。ぼくもそう思います」

「……っく」

「きっと田母神さんがそのことに引け目を感じて、笑門さんを避けていたので、笑門さんも田母神さんを気遣って、言わずにいたのでしょう。自分が描いた絵本を田母神さんに送ったのも、もともと、自分が亡くなったあとにそれが他の人の目にふれる前に、田母神さんに形見分けしようと思っていたのではないでしょうか？　それで田母神さんとも、また以前のように話せたらと」

どうしようもなく捻れ、縺れてしまった笑門さんと田母神さんの関係を、どうすれば修復できる？

どんな言葉なら、罪悪感に凝り固まった田母神さんの気持ちをほどける？

一体、なにを言えば。

「やめてくれっ！」

田母神さんの絶叫が、灰色の部屋にとどろいた。

アスカさんの腕も振り払い、田母神さんはソファーに両手をつき前のめりになりながら、荒い息を吐き、混沌に染まった目をして言った。

「頼む、やめてくれっ。それは全部きみたちの善意にまみれた憶測だ！　笑門が本当はなにを考えていたのか、どうして、おれが笑門のアイデアを盗んだことを責めなかったのか、あんなふうに澄んだ顔で笑っていられたのか——おれは考えて、考えて、ずっと考え続けて——わからなかったっ。わからない、わからないんだ！　教えてくれ、笑門、笑門っ」
田母神さんの声にも表情にも、絶望しかない。
ぼくの言葉は、今の田母神さんには届かない。笑門さんの言葉でなければ、田母神さんは信じられない。でも、笑門さんはもういない。
田母神さんが呼び続ける、その人は。
「笑門っ、笑門っ」

そのとき、ぼくの耳にかすかな声が聞こえた。

こういちさん。

小さな子供みたいな声……。
どこから？

そうじゃないよ、こういちさん、とあどけない声が、一生懸命に呼びかけている。

おとうさんもぼくも、こういちさんをおこってなんかいないよ。

ぼくは息をひそめ、耳をすましました。
声は、『滅び』というタイトルがつけられた美しい絵の下にある、青い収納ボックスから聞こえてくる。
『ほろびた生き物たちの図鑑』の見本が収められていた、あの箱だ。

ぼくをめくって、こういちさん。

そうしたら、おとうさんのことばを、こういちさんに、つたえられるから。


健気に語り続ける幼い声――。

ぼくは田母神さんを見据えて言った。

「田母神さん、ぼくの言葉が憶測だというなら、笑門さんに話してもらいましょう」

田母神さんが、なにを言っているのかというように顔をゆがめる。

アスカさんと円谷さんも困惑していた。

ぼくは田母神さんたちに背を向け、床にしゃがむと、青い収納ボックスを開けた。

声の主が、青い箱の中からぼくを見つめ返してくる。

ボール紙の表紙に、水色のクレヨンで『さいごの本やさん』とタイトルが書かれた、この世にたった一冊の絵本が。

やっぱりきみだったんだね。

ぼくに、力を貸してくれる？

心の中で語りかけながら、手作りの薄い本を両手でそっと持ち上げた。

「榎木くん、それって、まさか」

円谷さんが声を上げる。

笑門さんが生み出したもう一人の子供が、ぼくの手の上で、みつけてくれてありがとうと言っている。

「でもそれは、店長が田母神さんに送付したって――」

円谷さんが絵本を見おろして、低い声でつぶやき、アスカさんも戸惑いの眼差しを田母神さんへ向けた。

田母神さんは、ぼくが笑門さんの絵本を箱から出したことに、驚いているようだった。

「田母神さんが、箱の中に戻しておいたんですよね？」

ぼくの言葉に、円谷さんがハッとする。

多分、昼間、事務室に通されたとき、田母神さんは、円谷さんがお茶を用意するため席を立った隙にでも、ビジネスバッグに入れてきた絵本を箱の中に置いたのだ。

田母神さんが幸本書店を訪れたのは、この絵本を戻す目的もあったのだ。

「……っ、おれにそれを見せないでくれ」

顔をそむけようとする田母神さんに、ぼくは言った。

「いいえ、見てください。そして、どうか最後まで読んでください。笑門さんが送ったこの本に、田母神さんがずっと欲しがっていた答えがあります。どうか、それを受け取ってください」

田母神さんが、ぎこちなくぼくのほうへ顔を戻す。

それでも表紙にちょっと目を向けて、苦しそうに視線をそらしてしまう彼に、小さな男の子の声が、また呼びかけた。


こういちさん。


おとうさんがぼくをかいたのは、おかあさんにはもう、こどもができないかもしれないって、おいしゃさんにいわれたからなの……。

おとうさんは、こどもはいなくてもいいって、おかあさんをはげましていたけれど……ほんとうはすごくがっかりしていて……。

じぶんのだいで、こうもとしょてんはおわるんだなっておもいながら、ぼくをかいたの……。

「笑門さんが、この絵本を書こうと思ったのは、奥さんが最初のお子さんを流産して、もう子供は望めないと医者から告げられたことがきっかけでした」

田母神さんが、ぴくりと肩を震わせる。

幼い声で一生懸命に語られる言葉を、このいたいけな本が見てきた笑門さんを、ぼくは切ない気持ちで語った。

「自分の代で幸本書店は終わると、当時の笑門さんは思っていたのでしょう。父親の兼定さんが死を前にして一枚の絵を残したように、笑門さんも幸本書店が終わる日のことを考えて、絵本を制作したんです」

それは哀しみを紛(まぎ)らわすためだったのかもしれない。

奥さんの前ではきっと、辛い顔を見せられなかったから。


おとうさんは、ぼくをかきながら、へただなぁって、わらってた。

えも、ぶんしょうも、ぜんぜんだめだなぁって、ずっとくすくすしてた。


「これは、創作への野心や情熱を以(もっ)て書かれたものではありません。笑門さんが自分の気持ちを整理するために書いた、世に出すつもりもない作品でした」

田母神さんが、笑門さんの設定を剽窃(ひょうせつ)したことに、これほど罪の意識を感じて苦しんでいるのは、田母神さんが創作者だからだ。

田母神さんは終始、創作者の視点で、笑門さんの気持ちを推し量ろうとしていたから。

そこにすれ違いが生じた。

「もし、笑門さんが田母神さんと同じように創作の道を志す人だったら、田母神さんの行為を決して許さなかったでしょう。あれは自分の作品だと声を上げて主張したでしょう。でも、笑門さんは作家志望ではありませんでした。書き上げた作品をどうこうしようという気持ちも、まったくなかったんです」

だから、下手だなぁとつぶやきながら、笑っていた。

書き上げただけで、満足していた。

「読んでみてください。そうすれば田母神さんにもわかるはずです」


よんで、こういちさん。

ぼくをめくって。

ボール紙で挟まれた冊子を両手で差し出し、じっと見つめる。田母神さんが、ようやくそれを手にし、のろのろと表紙をめくる。

『そのむらに　ほんやさんはひとつきりでした』

『むかしはみっつもあったのですが　ひとつひとつへってゆき　とうとうさいごのひとつになってしまったのでした』

子供が描いたみたいな拙い絵と文章。

画用紙のページをめくりながら、田母神さんは昔のことを思い出しているのだろう。苦しそうに切なそうに目を細める。

こういちさん、おとうさんは、こういちさんはすごいなぁ、っていつもいってたんだよ。

こんなへたくそなはなしを、あんなかんどうてきなはなしに、しあげてくれたって。

こういちさんは、ほんとうにすごい。

さいのうがある、すばらしいさっかだって。

クレヨンで描かれたページから語りかけてくる幼い声は、田母神さんには聞こえない。

でも、語る声は嬉しそうで。

〝おとうさん〟が褒めていた〝こういちさん〟にめくってもらえるのが、幸せでしかたがないというふうで。

おとうさんはこういちさんのことを、こんなふうに話していた、おとうさんは、こういちさんの小説の、こんなところが好きだと言っていた、こういちさんの本を、いつも嬉しそうに読んでいたと、可愛い声で語り続ける。

お父さんは、こういちさんが大好きだったと。こういちさんは、お父さんの大切なともだちだったと。じまんの作家だったと。

そして、途中から急にしゅんとした、哀しそうな口調になった。

おとうさんは、すみません、っていってた。

ぼくを、こういちさんにおくるじゅんびをしながら、すみませんでした、もっとはやくにつたえるべきでしたって。

すみません、すみませんって。

——すみません、港一さん。すみません。

聞こえていないはずなのに、田母神さんの目が、どんどんうるんでゆく。

そして、最後のページをめくり終えると。

ボール紙に、サインペンで文字が書いてあった。


『この絵本を、田母神港一さんに差し上げます。

不出来な作品に息を吹き込み、美しい彩りと輝きを与えてくれて、ありがとうございます。

ただただ嬉しいだけでした』

ただただ嬉しいだけでした。

それが、笑門さんが田母神さんに一番伝えたいことだった。


ただただ、嬉しかったと。

手作りの拙い絵本を、素晴らしい作品に仕上げてくれたことも。作家になった田母神さんのサイン会を、幸本書店で開催できたことも。お客さんたちが田母神さんの本を楽しそうに手に持って、店の外まで長い列を作ったことも。

すべてがたまらなく嬉しくて、輝かしい出来事だったと。

「笑門……っ」

田母神さんが絵本を抱きしめて、号泣する。

すまなかったと、しゃくりあげながら、笑門さんの名前を呼んで、絵本を胸にかき抱いて。

ぼろぼろと涙をこぼす。

こういちさん、なかないで。

おとうさんも、ぼくも、こういちさんがすきだから、なかないで。

小さな男の子が、自分も半べそになりながら、田母神さんの頭を撫でているイメージが目の裏に浮かぶ。

その男の子は笑門さんに似ていた。

「田母神さんは、笑門さんから盗んだ設定を使って作家になりました。でも、それから二十年近く作家であり続けたのは、田母神さん自身の力です。そのことに誇りを持ってください。そして、これからも作家であり続けてください。それが笑門さんへのなによりの謝罪で、供養です」

田母神さんは両手で顔をおおってうなだれている。むせび泣く声が涸れ、すすり泣きに変わり、アスカさんが田母神さんの肩に手を回し、抱きしめた。

笑門さんのことは、田母神さんの中にこれからも罪として残るだろう。笑門さんに酷い言葉を投げつけてしまった後悔も……。

罪悪感に苦しむ日々は続くだろう。

それでも、書き続けてほしい。

それが笑門さんの願いだから。

円谷さんは、自分もまた哀しみや衝動や葛藤に耐えるように両手を固く握っている。張りつめた険しい表情を浮かべているけれど、普段のてきぱきした円谷さんよりも、弱々しく見える。

笑門さんのことを考えているのだろう。

その短かった生涯や、愛する人たちと次々別れなければならなかった運命を。

『滅び』の絵を飾ったこの部屋で一人、手製の絵本に友への別れの言葉をしたためた笑門さんの気持ちを……。

苦しかっただろうか？

それともやっぱり微笑んでいたのだろうかと。

田母神さんのように泣き叫ぶこともできない円谷さんは、唇を噛み一人で耐えている。

ぼくは円谷さんの前を横切り、笑門さんの本棚から一冊の本を抜き出した。

「笑門さんは、ぼくにとってはコルババさんのような人でした」

目を見張る円谷さんに、そっと語りかける。

ぼくも、笑門さんの話をしたかったので。

笑門さんが愛した『長い長い郵便屋さんのお話』と一緒に。

「この本に登場するコルババさんは、郵便屋さんです。深夜の郵便局で仕分けのお手伝いをする小人たちに会ったコルババさんは、心をこめて書かれた手紙は手でさわるとあたたかいということを、教えてもらいました」

円谷さんは眉を下げ、ぼくの話を聞いている。

「ある日コルババさんは、宛名もなければ切手も貼られていない手紙を手にします。宛名がなければ手紙を届けることはできません。けど、その手紙は、とてもあたたかかったんです」

コルババさんは、小人たちに手紙の中身を読めないかと相談する。小人が手紙を額にあてると、そこに書いてあったのは、フランティークというおっちょこちょいの青年が、マジェンカという少女にあてた、プロポーズの言葉だった。

『きみさえよければ、ぼくたち結婚(けっこん)できるんだ。いまもぼくが好きなら、すぐに返字(じ)をくれないか。きっとね』

どうにかして手紙を届けてあげたいと、コルババさんは思う。

そして決意するのだ。

『その娘さんの住んでいるところを探し出しますよ。たとえ何年かかろうが、世界中を歩き回ることになってもがんばります』

「コルババさんは、長い長い配達の旅に出発しました。そして一年と一日かけて、とうとう手紙をマジェンカに渡すことができたんです」

笑門さんは、手のひらで本の表紙にふれると、本の気持ちがわかる人だった。

まるでコルババさんみたいに。

でも、似ているのは、それだけじゃない。

「笑門さんは、あたたかな本を、それを必要としている人たちに届けたいと、いつも心から願っている人でした」

本があたたかいときは喜んでいるときで、それは幸せな本だと、優しい目をして言っていた。

店にある本が、全部あたたかくなったらいい。

幸せな本を、お客さんに渡したいのだと。

「たとえ一年と一日かけても、それ以上かけても――そんなあたたかな本を届けたい。そうやってたくさんの本を、町の人たちに届けてきました」

「長い長い配達を終えたあと、コルババさんは、こう言っています」

『一年と一日、あの手紙を持って走り回ったんですがね。でも、それだけの価値がありました。なにしろ、チェコ中、あちこち、いっぱい見ることができましたし。プルゼニ、ホジツェ、それにターボルにも行きました。いや、すてきな美しい国ですね』

「国中を歩き回った苦労なんて、まるでなかったようにおだやかに、のんびり。美しい街や景色を見ることができて、それだけの価値はあったと。ぼくにとって幸本笑門さんは、そういう人でした」

今ある書店も、紙の本も、ゆるやかに滅びへと向かっている。

笑門さん自身も、早くにご両親を亡くされて、そのあと奥さんとお子さんまで失った。自分も脳腫瘍におかされて、余命宣告を受けて。

それでも、おだやかに微笑んで、ぼくが生きているかぎりは書店を続けますと言っていた。

澄みきった目をして、店を訪れる人たちにあたたかな本を、のんびりと、ゆったりと、届け続けてきた。

書店員になったのは、笑門さんが選んだわけではなく、書店をしている家に生まれたから必然的にそうなったにすぎない。

でも、笑門さんは本を愛した。

人を愛した。

この三階建ての縦長の書店で、あたたかな本に囲まれて、店を訪れるお客さんたちと出会って、言葉を交わして――笑門さんは綺麗な光景や、素敵なものをたくさん見てきただろう。

そして思ったに違いない。


ぼくは、書店員で良かった。

書店に生まれて、書店員として生きたことに、じゅうぶんな価値はあったと。

円谷さんは、哀しみに耐えるように背筋を伸ばし、唇を引き結び、目のふちに涙をたたえている。

壁にかけられた絵のように、淋しいけれど凜とした――美しい姿だった。

田母神さんは笑門さんの手製の絵本を胸にしたまま、静かにうなだれている。そんな田母神さんを抱くアスカさんも切なそうに目を閉じている。

そして棚に並ぶ、笑門さんの本たちは。

語っていた。

幸本笑門がどんな人だったのかを。

とても優しい手をしたひとだった。

いつもぼくらに、愛情深く接してくれた。

哀しいひとで、不運なひとで、強いひとだった。

笑門さんは、わたしをめくって幸せそうに笑ってくれたのよ。

わたしを読んで、泣いてくれたのよ。

ぼくを読んで、笑ってくれた。

何度何度も、おれをめくってくれた。
わたしを忘れずにいてくれた。
とてもあたたかいひと。
優しいひと。
大好きだったわ。
わたしも、笑門さんにふれられるのが好きだった。
もっと笑門を、愉快な気持ちにさせてやりたかった。
最後にもう一度、笑門さんに読んでほしかった。
笑門さんの本でいたかった。

大好き。

ぼくも、ずっと好き。

笑門さんが好き。

笑門に読んでもらって、嬉しかった。

まるでお通夜の席のように。
本たちが故人を偲(しの)び、しめやかに語りあう。
愛情深い人だった。
大好きだったと。
途切れることのないさざなみの響きのように、いつまでもいつまでも。
ぼくが胸に抱いている『長い長い郵便屋さんのお話』も、人の好さそうな男性の声で、淋しそうにつぶやいている。

私はなぁ……笑門が、よちよち歩きの子供のころから成長を見てきて……笑門のことが大好きだったんだよ。あんなに純粋に私らを愛してくれて、大事にしてくれた主（あるじ）はいない。最高の読み手にめくってもらえて、本に生まれた価値があった。

あたたかで淋しいざわめきに包まれて、ぼくも、円谷さんも、田母神さんとアスカさんも、それぞれの心の中にある幸本笑門を偲んでいた。

田母神さんは『かのやま書店のお葬式』の元ネタが、笑門さんが書いた『さいごの本やさん』であることを、自身のホームページで公表し、『さいごの本やさん』も、そこですべてのページを公開した。

このことは、町で最後の書店である幸本書店が、店主の死により閉店することと合わせてニュースで報じられ、インターネットでも拡散されて話題になった。

『かのやま書店のお葬式』を買い求める人たちが続出し、紙の本は品切れを起こし、緊急重版がかけられ、また電子書籍の売り上げでもその日の一位を記録した。

夕方のニュースで特番が組まれ、田母神さんは『かのやま書店とお葬式』に関して、今後発生するすべての売り上げを、町に新しい書店を誘致するための資金として提供することを約束した。

そして、幸本書店の最後の営業日。

地元の人たちだけではなく、ニュースを見て幸本書店がなくなることを知った他県で暮らす人たちも、思い出の書店を訪れた。

朝からたくさんの人たちが、幸本書店の思い出がこもる本を手にやってきて、本と一緒に撮影し、ポップを書いた。

表紙を顔の横に並べてピースしたり、本を抱きしめてみたり、唇を寄せてみたり、写真に写っている人たちはみんな笑顔だった。

そんな写真を添えたポップが、店内のあらゆる平台を埋めつくし、それでも足りずにレジの周りや、棚や、トイレにまで置かれている様子は、壮観だった。

『最高の一冊！』

『人生を変えてくれた本！』

『一生ものの友達です！』

そんな言葉が、ピンクや青や、金色のペンで書かれている。
ぼくが一番多く目にした言葉は、

『幸本書店、大好き！』

だった。

『幸本書店を、ずっと忘れない』

『なつさん、兼定さん、笑門さん、ありがとうございました』

そんな言葉を目にして、ポップの前で目頭を押さえているお客さんや、本を胸に押しあてて、「幸本書店、本当になくなっちゃうんだ」と、真っ赤な目でぼろぼろ泣いているお客さんや、もらい泣きしているお客さんもいたけれど、大勢の人たちが笑顔で、幸本書店の思い出を語り合っていて、色とりどりのポップも一緒に笑っているみたいだった。

レジの横に積み上げられた『かのやま書店のお葬式』を買ってゆくお客さんもいっぱいいて、

「二十年前のサイン会のときも来たんですよ！　また読んでみたくなって。あのサイン会のときの笑門さんは、そりゃ嬉しそうでしたね」

と懐かしそうに語る人もいた。

店の外には、サイン会のとき以上という長い長い行列ができていて、一向に途切れなかった。

みんな楽しそうで。

みんな笑っていた。

泣いている人たちも、すぐに泣き笑いの表情になって、平台や本棚から新しい本を選び、笑顔で帰って行った。

一人で十冊以上購入したり、五十冊買って自宅まで配送してほしいという人もいて、棚にびっしり並んでいた本も、どんどん減ってゆく。

ぼくも、他のバイトの人たちも大忙しで、休む暇もないほどだったけれど、気持ちが高揚していて、疲れなんてこれっぽっちも感じなかった。

円谷さんは誰よりも働いていた。

昨日ぼくが、

――円谷さんが一番頼りになるバイトさんだって言ったのは、本だけじゃなくて、笑門さんもだったんですよ。だから、円谷さんに最初に会ったとき、ああこの人が『水海(みなみ)さん』かって、すぐにわかったんです。

と打ち明けると、泣きそうな顔をしていた。

今も目が少し赤いのは、昨日一人になってからいっぱい泣いたからだろう。

だけど最終日の今日は、他のバイトの人たちにてきぱきと指示を出し、自分も接客や品出しに走り回っている。

「円谷さん、そこが終わったら一度、お昼休憩をとってください。閉店までまだありますから」

ぼくが声をかけると、以前のように不機嫌そうな顔をしたりせず、

「ありがとう。そうする」

と答えた。

休憩に入る前、円谷さんが店内を見渡してつぶやいた。

「……わたしが幸本書店で働きはじめてから、今日が一番にぎやかな日だわ。みんなが思い出の本を持って店へやってきて、店の中が色とりどりのポップで埋めつくされて……。店長が書いた『さいごの本やさん』そのままね……。店長は、この日が来ることを知っていたのかしら……」

その声には、やはり淋しさがあった。

——幸本書店はおそらくぼくの代で終わりです。

笑門さんの言葉を思い返す。

——この地球で、これまでたくさんの生き物が滅びたり進化したりしていったように、本も書店も進化の途上にあるのかもしれません。

静かな声で淡々と語っていたこと。

——今の形では生き残れない、滅びゆく存在なのかも……。

淋しそうにつぶやいたあと、やわらかく微笑んだこと。

ぼくは静かに答えた。

「いつか自分が死んだあと、店を閉店することは考えていたと思います……。町から書店がなくなってゆくことも……もしかしたら予感していたのかもしれません。だから、一番幸せな終わりかたを夢想して、それを書いてみたんじゃないでしょうか」

「一番幸せな……終わりかた？」

『おそうしきのひ　むらのひとたちが　ほんやさんにあつまりました』

『みんな　てに　おもいでのほんをもっています』

『そうして　だいすきなほんのことを　あれやこれやかたりあい』

『めいめい　ぽっぷをかいたのです』

『ももいろや　ばらいろ　みずいろ　きいろ　むらさき　いろんないろのぽっぷが　ひらだいにならび　おはなばたけのようでした』

『あのほんは　ゆかいだったね』

『このほんには　おどろかされたね』

『このほんも　とてもためになったよ』

『ぼくは　このほんが　だいすきだった』

『そんなことばが　たくさん　たくさん　たくさん』

『ほんのうえでゆれて　どのほんも　あたたかくしあわせでした』

平台に咲き乱れるポップや、幸本書店の思い出を楽しそうに語りあいながら、本を選んでいるお客さんたちを、円谷さんはもう一度、うるんだ目で見渡して――ゆっくりと微笑んで、つぶやいた。

「なら店長は……夢が叶ったのね……」


きっとそうなのだろう。

そしてそう思えたことが――円谷さんの心を、深い哀しみの淵から引き上げたようだった。

「わたしね、この町に新しい書店を誘致する活動を、手伝おうと思うの。そしていつかまた、この町で本を売る仕事をする」

「そしたらぼくは、本を買いにきます」

本も、書店も、滅びへと向かっている。

でも、今は、まだ本はここにある。

それを売る人たちがいる。

そこを訪れる人たちがいる。

町で最後の本屋さんの終焉は、今日がおしまいの日だなんて思えないほど、にぎやかで晴れやかだった。

そして――。

◇　◇　◇

幸本書店の閉店から、数日後。

ぼくは東京へ戻る日の朝、最後のお別れをしに店を訪れた。

フェアで残った本はすべて返品を完了し、返品対象外の本も、寄贈したり、古書店に引き取られていったりして、店内のすべての棚は空っぽだった。

淋しいけれど、すっきりした――清浄な光景だ。

笑門さんがぼくに、生前頼んだこと。

それは彼の死後、店に残された本たちの声を聴いてほしいということだった。

そして、言葉をかけてあげてほしいと。

むすぶくんは本の声を聞くことができる、本の強い味方だから。どうか、彼らをねぎらってほしいと、優しい声で。

だからぼくは、幸本書店へやってきた。

笑門さんの家族で友人だった本たちの言葉に耳を傾け、書店のみんなが帰ったあと、毎晩一

人で店の中を隅々まで歩いて、彼らに話しかけた。

ありがとう。

お疲れさま。

このあときみたちが旅立つ先に、幸せな出会いが待っていることを、笑門さんもぼくも祈っているよ。

きみたちを手にとり、ページをめくってくれる人たちを、いっぱい楽しませてあげてね。そしたらきみたちも、きっと幸せな本になれる。

きみたちのことを心から愛していた店長のいる幸本書店にいたことを、どうか忘れないで。自分たちは幸本書店の出身なんだって、誇りにしてほしい。

ありがとう。

ありがとう。

元気でね。

本たちも、やわらかにさざめく。

幸本書店は、とても幸せな場所だったよ。

幸本書店の本になれて、よかった。

店長の笑門さんも、バイトのひとたちも、みんな大好きだったよ。

なつさんも、兼定さんも、素敵なひとたちだったよ。

どの声もみんな、あたたかだった。

幸本書店にいた短いあいだに、ぼくはたくさんの本の想いにふれ、その本を読んだ人たちの物語を知った。

一冊の図鑑で人生を変えた獣医の道二郎(みちじろう)さん。

長い年月を経て本によって結ばれた彬夫(あきお)さんと瑛子(えいこ)さん。

古い『かもめ』と新しい『かもめ』、二冊の本を胸に凜然と進むアスカさん。

笑門さんが選んでくれた『ゾロリシリーズ』を、今も買い続けている中学生の広空くんと颯太くん。

『緋文字』のディムズデール牧師に自分の罪を重ねて、苦しんでいた田母神さんも、ようやく前を向くことができた。

円谷さんも、笑門さんに処方してもらった『幸福論』を胸に抱いて、いつか望みを叶えるだろう。

目を閉じれば、笑門さんのたおやかな笑顔が浮かぶ。

眼鏡の奥の目を細めて、口元をほころばせて、白い手のひらで、うんと優しく本にふれてゆく。

子供たちに囲まれて絵本を読み聞かせている兼定さんの、生き生きとした声も聞こえてくるようで。

きりりとした表情のなつさんが、それを見守っている。

それから、胸に本を抱えてくりくりした丸い目で見上げてくる、笑門さんに似た小さな男の子。

――おとうさん、このほん、すっっっっごくおもしろいんだよ。

――ぼくね、ほんがだいだいだいすき。

――おおきくなったら、おとうさんみたいに、ほんやさんになるんだぁ。

笑門さんがとろけそうな顔で男の子を抱き上げ、輝く瞳を見つめて、愛しさと希望にあふれた声で語る。

――本も、未来(みらい)のことが大大大好きだって言ってるよ。未来が本屋さんになったら嬉しいって。

そうしてミルクの香りのする、ふわふわのほっぺに頬ずりして、笑顔で言うのだ。

――たくさん本を読んで、本と仲良しになりなさい。お店にある全部の本が、未来の友達になるんだ。

――うん、おとうさん！

幸本書店の人たちは、なつさんも、兼定さんも、笑門さんも、短命で不運続きだったと思う人たちがいるかもしれない。

でも、彼らが幸本書店で見てきた本と人の物語は、きっとすべてを語り尽くせないほど長い長い物語だ。

本も、書店も、進化の途中にあり、今ある形は滅びてゆくのかもしれない。

ぼくらが愛してやまない一切が存在しない世界が、訪れるのかも。

けれど、それは未来のことだ。

本も、書店も、まだぼくらが生きているこの場所にあり、ぼくもまた生きているかぎり本という健気で優しい——奇跡のような存在を、愛するだろう。

彼らと出会うために、書店へ足を運ぶだろう。


目を開ければ、幸本書店の人たちの幻影は消え失せ、空っぽの本棚だけが視界に映る。

ぼくは腕に『ほろびた生き物たちの図鑑』を抱え、静かなフロアに一人たたずんでいる。

笑門さんの命を奪ったこの図鑑は、警察から戻ってきたあとずっと憔悴し、嘆き哀しんでいた。


おれが笑門さんを殺してしまった。

なのに笑門さんは死の間際、微笑んで言ったのだと。

ありがとう、きみたちを愛していたよ。


田母神さんに、ただただ嬉しいだけでした、と伝えたように。

恨むことも嘆くこともなく、静かに終わりを迎えた。

笑門さんは、奥さんやお子さんに会えたのだろうか。

空の上で、笑門さんに似た男の子を膝に乗せて、優しい手つきで本のページをめくっているのだろうか。

自分を責め続ける本に、きみのせいじゃないと、ぼくは言った。彼はずっと廃棄されることを望んでいたけれど、ぼくと一緒に行こうと言うと、泣きながら、うん、と答えた。いつもは浮気だなんだと言ってくる夜長姫も黙っていてくれた。

そろそろ駅に向かわなければ、帰りの電車に間に合わない。明後日から新学期で、二年生になる。

ぼくは小人のようだと笑門さんは言っていたけれど、長い長い旅をして宛名のないあたたかな手紙を届けたコルババさんのように、ぼくも幸本書店で過ごすあいだ、価値あるものをたくさん見せてもらった。

『ほろびた生き物たちの図鑑』をしっかりと胸に抱え、明かりを消して店を出てゆくぼくの耳に、『長い長い郵便屋さんのお話』の終わりの言葉が、笑門さんのおだやかでやわらかな声で聞こえていた。

『こうして、みんな幸せそうに帰っていったのです』

『そして、このお話もここで無事に終点につきました』

あとがき

私が育ったのは東北の中核都市です。当時は駅前にデパートが三つもあるほど栄えていて、特に本に関しては非常に恵まれた環境でした。

生活圏内には立派な中央図書館があり、書店もそこかしこにあって、どのお店も本を選ぶ人たちであふれていました。発売日の前日に新刊が並ぶのが当たり前で、いつも前の日にうきうきと書店へ出かけて、購入していました。

なかでも一番にぎわっていたのは、駅の近くのアーケードにある三階建ての書店です。天井近くまでぎっしりと本が並べられたそこは、まさに本の楽園で、家族で出かけるときはいつも、母が弟を連れて買い物をしているあいだ、私と父は本を読みながら待っていました。

父は一階の雑紙や一般書籍が置いてあるコーナーへ。私は二階の児童書コーナーに貼りついていて、帰りに本を買ってもらうのも、嬉しくて幸せでした。

成長すると、三階の漫画コーナーへも足を運ぶようになり、本当にたくさんの本を読ませていただきました。書店が立ち読みに対して寛容だった時代の、幸福な思い出です。

捜している本も、欲しい本も、全部そのお店にありました。本が売り切れたり、入荷せずに買えなかったことは一度もなく、あそこへ行けばどんな本でもあるという信仰のような信頼を抱いており、また、そんな書店が街にあることが誇らしくもあったのです。

大学生になり上京してからも、私の中で一番の本屋さんは、その書店でした。私の故郷の本屋さんはすごいんだぞー！　東北で一番、ううん日本で一番の本屋さんなんだぞー！　と心の中で自慢していたのでした。

だから、その書店の閉店を知ったときは、とても信じられなかったし、ネットで情報を検索しながら、ぼろぼろ泣きました。あれほど地元の人たちに愛されて、栄えていた書店が、なくなってしまうだなんて。あの書店だけは、あの場所に永遠に変わらずにあると思っていたのに。

幸本書店の物語を書きながらずっと、幸せしかなかったあの空間を思い出していました。

幸本書店の人たちのお話はここでお終いですが、むすぶのお話は、ファミ通文庫さんのほうで同時発売していただいております。『むすぶと本。『外科室』の一途』というタイトルで、短編集です。色々な本が出てきます。ぜひ合わせてお読みください。

イラストは両方とも竹岡美穂様に描いていただきました。この本の表紙をいただいたとき、なつさん、笑門さん、兼定さんの清浄な後ろ姿に、胸がつまって泣いてしまいました。本編を読み終わりましたら、どうぞ帯をはずして、カバーの三人をもう一度ご覧になってください。

最後に、書店や本がこの先どう変わっても、きっと本質的なものは変わらず続いてゆくのだと思います。私はどちらも、ずっとずっと大好きです。

二〇二〇年五月二九日　野村美月

作中、次の作品を引用、参考にさせていただきました。

『野菊の墓』伊藤左千夫著（株式会社新潮社）
『かもめ・ワーニャ伯父さん』チェーホフ著　神西清訳（株式会社新潮社）
『緋文字』ホーソーン著　八木敏雄訳（株式会社岩波書店）
『かいけつゾロリのなぞのうちゅうじん』原ゆたか著（株式会社ポプラ社）
『幸福論』アラン著　白井健三郎訳　株式会社綜合社編（株式会社集英社）
『長い長い郵便屋さんのお話』カレル・チャペック著　栗栖茜訳（合同会社海山社）

おまけの夜長姫
～ちゃんとポケットにいるんだからねっ！

出番が……ない。
(´;ω;｀)

むすぶ……わたしのこと忘れてる……？
(;≧◇≦)

バイトの女に、へろへろしてるし。
Σ(ﾟДﾟ;)

お客さんにも愛想良すぎだし……。
(*｀へ´*)

むすぶはわたしにしか、笑いかけちゃダメ。
ヽ(ﾟ｀Д´ﾟ)ﾉ

わたし以外の本に、そんなに優しくカバーをかけないで。
o(>_<*)(*>_<)o

ダメダメ、いやいや！　呪っちゃうからぁ！
｡･ﾟ･(*/□＼*)･ﾟ･｡

……早くおうちに帰りたい。
(´;Д;｀)

むすぶと本。
『さいごの本やさん』の長い長い終わり

2020年6月30日　初版発行
2020年7月20日　再版発行

著　者　野村美月

カバーイラスト　竹岡美穂

発行者　三坂泰二

発　行　株式会社KADOKAWA
〒102-8177 東京都千代田区富士見2-13-3
電　話　0570-002-301(ナビダイヤル)

編集企画　ファミ通文庫編集部

デザイン　高橋秀宜(Tport DESIGN)

写植・製版　株式会社スタジオ205

印刷・製本　凸版印刷株式会社

●お問い合わせ
https://www.kadokawa.co.jp/(「お問い合わせ」へお進みください)
※内容によっては、お答えできない場合があります。
※サポートは日本国内のみとさせていただきます。
※Japanese text only

ISBN978-4-04-736182-9　C0093　定価はカバーに表示してあります。

榎木むすぶ

聖条学園の生徒。本の声が聞こえ、話すことができる。

〝本の味方！〟榎木むすぶが
さまざまな人と本の問題を解決する
学園ビブリオミステリー

夜長姫

むすぶの恋人の本。やきもち焼きで、むすぶが他の本と関わるのを嫌がる。

ファミ通文庫から発売！

むすぶと本。『外科室』の一途

本の声が聞こえる少年・榎木むすぶ。とある駅の貸本コーナーで出会った一冊の児童書は〝ハナちゃんのところに帰らないと〟と切羽詰まった声で訴えていた。恋人の夜長姫（＝本）に激しく嫉妬され、学園の王子様・姫倉先輩の依頼を解決しながら、〝ハナちゃん〟を探し当てるのだけれど……。健気な本たちの想いを、むすぶは叶えることができるのか!?